魔術士オーフェン アンソロジー

ORPHEN

Official Anthology

原作
秋田禎信
Yoshinobu Akita
著
香月美夜
Miya Kazuki
神坂一
Hajime Kanzaka
河野裕
Yutaka Kono
橘公司
Koushi Tachibana
平坂読
Yomi Hirasaka

TOブックス

ORPHEN
Official Anthology

CONTENTS

イラスト：草河遊也 Yuuya Kusaka

デザイン：ヴェイア Veia

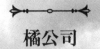

天魔の魔女とバルトアンデルスの剣

香月美夜
Miya Kazuki

「油断するな、アザリー」

冷たい目をした長身の男が、身軽な動きで先を歩く女に声をかける。感情のこもっていない淡々とした低い声が暗い石造りの通路に反響した。暗い通路を照らしているのは、一つだけ不自然に浮かんでいる白い光の球。彼が魔術で浮かべた物だ。

「この辺りに転移の魔術文字《ウィルドグラフ》があるんでしょう？　わかってます、チャイルドマン先生」

長身で骨格がしっかりしているのか、肉付きがよく見える二十歳《はたち》くらいの女が振り返る。ウェーブがかった短い髪が揺れ、どこか斜に構えたブラウンの双眸《そうぼう》が白い光に照らされてよく見えた。

からかうような響きのある言葉にチャイルドマンは嫌そうに眉を歪《ゆが》める。彼女が引き起こす騒動の数々にいくら説教をしても、その数が減ることはないのだ。アザリーがどれだけ他人の話をわかっているのか、推して知るべしといえよう。

二人がいるのは、先日調査隊が入った遺跡だ。前回の調査の途中で突然転移の魔術文字が作動し、三人が隠し部屋に呑《の》み込まれて戻ってこなかった。どうやら規定の魔力の強さを超えなければ魔術文字が作動しない仕掛けらしい。

そのため、大陸黒魔術の最高峰《牙《きば》の塔《とう》》でも最強と名高いチャイルドマン・パウダーフィールドと、天魔の魔女と呼ばれるアザリーの二人に白羽の矢が立った。転移の魔術文字とその先の調査をするように最高執行部から命じられたのである。

「これですよね？」

魔術の白球に照らされた魔術文字を発見して、アザリーは足を止めた。すぐ後ろにチャイルドマンがやってきて、同じ文字を見下ろす。普通の男性くらいの身長があるアザリーだが、チャイルドマンは彼女より更に背が高い。すぐ後ろから話されると、その低い声がアザリーの耳元で響く程度には身長差がある。

「間違いないだろう。行くぞ。身構えろ」

転移の魔術文字に向かって二人で同時に踏み込んだ。その途端、足元の文字が光って膨れ上がり、数条の光線となって幾何学的な模様を描き出す。模様は立体化して文字となり、二人の周囲にある空間を檻《おり》のように包み込んだ。


視界のすべてが光の中に消えていき、そして、現れる。

どうやら執行部から命じられた隠し部屋に到着したようだ。アザリーがそう知覚した時にはガシャガシャと耳障りな音が近付いてきていた。おそらくこの遺跡を守っている守護人形だろう。今までに他の遺跡でも何度も見かけ、破壊してきたものだ。

「やれ」

短い指示に合わせ、アザリーは右手を高く上げた。彼女の魔術には特別な癖がある。突然構成が完成し、そして、突然放たれるのだ。そのため、魔術に速さを求める時、チャイルドマンはアザリーに指示を出す。

「光よ！」

アザリーは叫んだ。彼女たち魔術士が使う音声魔術は、声の届かない場所には届かない。だからこそ、できる限り広範囲に影響が及ぶように声を上げる。

魔術の構成が放たれ、光が膨れ上がった。光の膨張は熱波と衝撃波を引き起こして遺跡の隠し部屋を蹂躙《じゅうりん》していく。襲いかかってくる守護人形たちが次々と割れて砕けて燃えていった。

まるでその衝撃波を恐れず追いかけるように走り出しながら、チャイルドマンが手早く魔術の構成を編み上げる。

「連鎖よ！」

低いけれど、よく響く声が反響する。彼の魔術には派手な破壊音も、爆発も、衝撃波もない。けれど、アザリーの魔術で倒しきれなかった守護人形たちは少しひしゃげた形で次々と崩れ落ちていく。自分の魔術の結果に自信があるのだろう。チャイルドマンは守護人形たちがどうなったのか確認しようともせず、その先に向かって更に走っていく。彼を追いかけてアザリーも走った。

「こんなものか……」

二人が何度か魔術を放つと、守護人形たちは現れなくなった。それでもチャイルドマンは警戒しつつ、周囲の様子を窺《うかが》っている。その様子を見て、アザリーも辺りを見回して一つ頷《うなず》いた。何の物音もしない。すべての守護人形たちを破壊したようだ。これほど効率的に遺跡の中を進めるのはチャイルドマンと組んだ時だけだ。キリランシェロやハーティアではここまでアザリーの魔術を効率良く使えない。

「では、古代種族の遺産を回収するぞ」

「二人で持てる分だけ、ですね」

隠し部屋には予想以上に様々な物があった。アザリーは持ち運びしやすそうな物や自分が研究するという点で興味の引かれたものを選んでバッグに放り込んでいく。彼女の選択基準は魔術文字が刻まれているかどうかだ。

（文字のある遺産が思ったより多いわね）

古代種族の天人は、特に強く力を物品に与える際に魔術文字を用いた。これは魔術の媒体としての〝文字〟が情報として明確に存在していた方がより大きい効力を発揮するからだ。もしくは一時的にしか活性化させないことで、危険な効果を持った物品に対する制御装置と為《な》すためと推測されている。

（ようするに、魔術文字が刻まれているのは強力な魔術具ってことよ）

アザリーの指には小さすぎる指輪にも、手のひらに収まりそうな小さな箱にも、すべて魔術文字が刻まれている。無造作に回収していたアザリーは、古風な鞘《さや》に収まった剣を手に取った。

「先生、これは月の紋章でしょうか？　いつか……ううん。いつでも、かしら？　ここでは全部読めませんが、少し読めるので研究のしがいがありそうですよ」

自分の魔術で浮かべた白球にかざしてみるけれど、解読できる文字と解読できていない文字が交じっている。魔術文字の解読はまだ進められている途中だ。この剣を研究すれば解読が進むかもしれない。

アザリーが剣をチャイルドマンに見せると、彼は少しだけ眉を動かしてあまり興味なさそうに帰り支度を始めた。

「《塔》に戻ってから研究してみればいい。ここでする必要はないだろう」

守護人形を殲滅《せんめつ》し、隠されていた出口を開放すれば、後はまた調査員が派遣されるはずだ。発見した古代種族の遺産のいくつかを持つと、遺跡を後にして二人は《塔》へ帰った。

「アザリー、帰ってきちゃったのね」

《塔》の規定違反である長い黒髪をサラリと背に流し、上級魔術士の黒いローブを着たレティシャが歩いてきた。戦闘服から着替えるために寮へ入ったところで、ずいぶんな挨拶である。アザリーは軽く眉を上げた。

「帰ってきちゃったってどういう意味よ、ティッシ？」

「この先でマリア教室のイールギットとイザベラがいたから、変な騒動が起こるんじゃないかと思ったのよ。アザリーは迂回《うかい》なんてしないでしょ？」

今から頭が痛いと言い出すレティシャは、アザリーが絶対に問題を起こすと確信を持っているようだ。フンとアザリーは鼻を鳴らす。

「わたしだって好きで騒動を起こすわけじゃないもの。あの二人が何を言っているかにもよるわ」

「例の噂《うわさ》。……アザリーと先生は二人きりでする仕事が多すぎるんじゃないかってやつよ」

アザリーも知っている。チャイルドマンとアザリーの関係を邪推する噂を耳にしたのは一度や二度のことではない。けれど、ただの噂だし、特に何も思わなかった。チャイルドマンとアザリーは先生と助手で、それ以上のことは何もないからだ。

「好きに言わせておけばいいじゃない」

「あら、気に入らないから叩《たた》き潰すとは言わないのね。いつだったか、派手にやっていたじゃない」

数か月前の出来事を持ち出され、アザリーは鼻の頭にしわを寄せた。言い寄ってきた男を相手にせず無視していたら、両思いになったという変な噂を流されたのだ。事実無根であることを周囲に知らしめるため、それから、二度と馬鹿なことを考えられないようにするためにアザリーは男を公衆の面前で派手にぶちのめした。

「だって、あっちは男が最低で名前を聞くのも不快だったし、本人が噂の出所だったから叩き潰さなきゃいけなかったけど、こっちはどうでもいいでしょ？　周囲が何を言ったところで、あのチャイルドマン先生が変わることなんてあり得ないじゃない」

レティシャに「何の問題もないわ」と軽く手を振ってアザリーは自室へ向かって歩いていく。もちろん、わざわざ迂回するつもりなど全くなかった。イールギットとイザベラが噂話をしているところに突然姿を現して驚かせるつもりで、アザリーはできるだけ足音を立てないように進む。どんな顔をするのか考えてニヤニヤしていると、二人の声が聞こえてきた。

「でも、マリア先生はどうするつもりなのかしら？」

レティシャはアザリーが暴走することを心配していたけれど、二人の話題はアザリーから自分たちの先生に変わっていたようだ。

（つまらないわね）

足音を忍ばせていたアザリーが身体の力を抜こうとした時、イザベラが「ちょっと。聞こえるわよ、周囲に……」とイールギットをたしなめた。

ぴくりとアザリーの耳が動く。もしかしたら他人に聞かれては困るマリア・フウォンの弱味を握れるかもしれない。そう考えたアザリーはにんまりと笑って、全力で自分の気配を消した。

「別にいいじゃない。どうせすぐに周囲にも伝わる話でしょう？　隠し通せるようなことじゃないんだから」

「それはそうだけど……」

「執行部の命令って言われても納得できないわよ。マリア先生が子供を産むなんて……」

（はぁ？　マリア・フウォンが執行部の命令で子供を産む⁉）

全く想定していなかった会話だったからだろう。アザリーは思わず唾を呑んだ。次の瞬間、何故《なぜ》か妙に首筋がひやりとした。嫌な予感が押し寄せてきて、これ以上は二人の話を聞かずに部屋へ帰れと本能が命じてくる。アザリーは己の本能に従って静かに動き出した。

「チャイルドマン教室は気楽でいいわよね。こういうことを考えると性差って本当に不公平だと思うわ」

世界がひっくり返ったかと思った。もし、アザリーがレティシャと同じ『悪癖』持ちだったら、今頃背後には強烈な衝撃波が出ていただろう。そのくらいの驚愕《きょうがく》だった。

アザリーは無意識に荒れる感情の波を押さえ込む。感情が制御できないのは魔術士として未熟だと言われている。どうでもいい馬鹿騒ぎならばともかく、今は自分の未熟さと感情の揺れを彼女たちに見せたくなかった。

（頭を整理する時間がいるわ）

足音を忍ばせたままアザリーは自室へ戻った。部屋に鍵をかけ、着替えるのも後回しにして机に向かう。荒々しい音を立てて椅子に座ると、彼女が考え事をする時に使うメモ帳を広げた。

「今わかってることは何？　絶対に確実なことよ」

アザリーがわざわざ声に出して考えるのは、その方が自分の考えをまとめるのに役立つと思っているからだ。

「マリア・フウォンが子供を産むってこと。それから、執行部の命令ってことは確実ね」

魔力は遺伝でしか伝わらない。魔力の大きい子供を求める執行部のことを考えれば、マリア・フウォンに子を産むように命じることはあり得ることだ。しかし、あまりにも時代錯誤なので、とても彼女が引き受けるとは思えない。

「……でも、受けたってことよね？」

イールギットとイザベラの会話から察する限りだが、引き受けるつもりがなければ生徒たちには何も言わないだろう。引き受けるとなれば、マリア教室の後任教師を誰に任せるのか、出産後復帰をどうするのか、生徒たちも含めて決めなければならないことはいくらでもあるはずだ。マリア教室の生徒が先に情報を得て、自分たちの境遇に不安や不満を覚えるのは当然だろう。

「そこまではいいわ。別にマリア・フウォンの出産なんてわたしには関係ないもの」

けれど、納得できないこともある。「チャイルドマン教室は気楽でいいわよね」というイールギットの台詞《せりふ》だ。アザリーはメモ帳をベリッとちぎって新しい紙にその台詞を書くと、ペン先をコンコンとメモ帳に打ち付ける。そこから推測される答えは、マリア・フウォンの相手がチャイルドマンということだ。

「今のところ内密とはいえ、話が進んでいるってことは……つまり、チャイルドマン先生も執行部の命令を引き受けたってこと？」

　マリア・フウォンと並ぶ、もしくは、それ以上の魔術士といえば《牙の塔》の中でもほとんどいない。年が同じで最強のチャイルドマンが相手の候補に挙がるのは自然だ。そう考えているうちにアザリーの鼻の頭にしわが寄る。こんなふうに顔をしかめるのは悪い癖だと思っているのだが、なかなか抜けない。

「あの堅物がそんな馬鹿な命令を受けるなんて……。いいえ、違うわ。堅物だからこそ、奇妙な命令を諾々と受けたのよ。そうじゃなきゃ、変じゃない」

　チャイルドマンは何に関してもほぼ感情を動かすことがなく、表情が動くことさえ稀《まれ》な男なのだ。命令でなければマリア・フウォンとの間に子供を作るなんて考えもしないだろう。魔力の強い子供を望むのも周囲で、彼の自主的な選択ではない。そう考えてアザリーは少しだけ自分を納得させた。

「あ、ちょっと待って。一応は先生が結婚主義者かどうか確認しておいた方がいいかも？」

　アザリーは急いでメモ帳に懸念事項を一つ書き加えた。《牙の塔》があるタフレム市には結婚制度はない。とはいっても、学んだ魔術士の大半は婚姻という人間関係を否定するでも、嫌悪するわけでもない。ただ、度を過ぎた他者への依存、つまり自制心の欠如と見なすだけだ。

だが、チャイルドマンが結婚主義者だった場合は話が違ってくる。マリア・フウォンとの結婚も視野に入れているということになるし、執行部の命令ではなく彼の意思が噛《か》んでいることになるだろう。

「あり得ないと思うけど一応ね、一応。……それにしても、なんで、よりにもよってマリア・フウォンなのかしら?」

アザリーは苛立《いらだ》ちに任せて口に出したが、答えは簡単だ。チャイルドマン・パウダーフィールド教師に匹敵する魔術士で、年の近い教師はマリア・フウォンしかいないからに決まっている。二人は二十代半ばだが、他の《塔》の教師の平均年齢は五十歳くらいだ。

マリア・フウォンは《塔》の中でも非常に優秀と評判の教師だ。おまけに、元《十三使徒》である。宮廷にいたのはたった三週間だけで、すぐに《塔》に呼び戻されたそうだが、それは彼女が優秀だという証《あかし》に他ならない。

「初めて顔を合わせた瞬間から、あの女とはいずれ命をかけて対決する宿命にあるって思ったくらいだけど、これは本当に対決する必要があるんじゃない? 今までどれだけ比べられてきたと思っているのよ」

マリア・フウォンと初めて会ったのは、アザリーとレティシャの二人が孤児院から

《塔》へ引き取られて基礎クラスに入った九歳の時だ。あの頃は彼女が天魔の魔女と呼ばれていて、同じ教室の先輩だった。もっとも、同じ教室にいたのはたった数週間のことで、彼女はすぐに専門クラスへ行ってしまったけれど。

アザリーが覚えているマリア・フウォンは、わがままで強情でそのくせ移り気で、自分の楽しみのためならば他人は犠牲になるべきだと公言していた。そのせいでアザリーたちは余計な苦労をさせられたものだ。そのくせ、取り繕うことは上手くて、最高執行部などの上層部からは覚えがめでたい。アザリーにとっては彼女こそが今でも天魔の魔女、災いそのものだ。

「本当に腹が立つったらないわ。あんな噂が立ってるくらいなんだから、チャイルドマン先生の相手はわたしだっていいじゃない。執行部って本当に人を見る目がないうえにトンチンカンな命令ばっかりしてくるんだから」

アザリーがあの噂を叩き潰さないのは、自分が一番チャイルドマンに近いと周囲が認識していることを教えてくれるからだ。けれど、噂はただの噂に過ぎない。いくら仲を疑われたところでアザリーとの間には何もなく、マリア・フウォンとの間には執行部の命令がある。

「ここは、あれね。執行部にマリア・フウォンよりわたしの方が優れてるってことを知らしめるべきよ」

アザリーはマリア・フウォンと自分を比較してみる。まず、教師と生徒という立場で考えてみた。駄目だった。完全に負けている。教師に対して刃向かうことを《塔》は許していない。その時点でアザリーは自分の方が絶対的に不利だと思った。

「魔術もねぇ……」

ペンをプラプラと揺らしながらアザリーは溜息《ためいき》を吐《つ》いた。魔力と威力だけならば勝てるかもしれないが、経験が物を言う部分では負ける可能性が高い。それでもアザリーは《牙の塔》が始まって以来の天才、と評価されている。それは自称でも嘘《うそ》でもない。何か勝てるところがあるはずだ。全く勝てない相手ではないと思う。

「まー、顔は断然わたしの勝ちなんだけど、あの堅物の好みが全然わかんないのが困ったところよね。どうせ表情を少しも変えないで言うのよ。顔の美醜が魔術に何か関係があるのかって……」

口には出さないが、レティシャと比べるとアザリーは負けるかもしれない。でも、マリア・フウォンと比べれば勝っているはずだ。アザリーはちょっとだけ気の強さが出ている顔立ちだが、それは彼女も同じである。

「それにしても腹が立つのはあの堅物よね。繊細な乙女の恋心ってもんが全然わかってないんだから。……あーあ。わたし、なんであんな男が好きなんだろう」

チャイルドマンは過去や経歴がすべて不明な謎の人物で、五年前に突如としてその名前を歴史に刻んだ黒魔術士だ。今では彼の名前を知らない魔術士などいない。キエサルヒマ大陸で最強の魔術士だ。それは別にアザリーの贔屓目《ひいきめ》ではない。

チャイルドマンの外見で特徴的なのは、黒髪を伸ばしていてうなじの辺りで紐《ひも》でくくっていることだろうか。アザリーは肩にも届かない自分の髪に触れた。

「本気で髪を伸ばそうかしら？」

時々アザリーが「ティッシみたいに髪を伸ばそうかしら」と口にするのは、別にレティシャの綺麗《きれい》な髪が羨ましいからではない。誰にも言っていないが、何となくチャイルドマンと同じ髪型にしてみたいだけだ。

チャイルドマンが好きな色は黒や鉄色。少し考え事をする時は、こつこつとその机を指で弾《はじ》く癖がある。口調はいつも淡々としているが、嘘が得意ではないと思えることが時々ある。隠し事はしても嘘は吐かない。

それから、アザリーの暴走を少し面白がっている面がある。正確には最高執行部を引っかき回して長老たちを慌てさせた時は苦笑だけでなく、面白がっているような悪い笑みを浮かべる。彼はいつだって退屈そうな無表情なので、その差は顕著で、たまに見られるとアザリーは楽しくなるのだ。

(誰かに認められたいとか、こっちを向かせたいとか、自分の行動に反応を返して欲しいって思ったのは、チャイルドマン先生だけなのよね)

チャイルドマンは絶対的にアザリーより上の存在、強者だ。よく考えてみれば、自分より格上の存在に惹《ひ》かれない方がおかしいだろう。

「つまり、あれよ。わたし以上に強い男がいないことが問題ってこと。不甲斐《ふがい》ない世の中の男たちが悪いのよね。だから、あの堅物を振り向かせるしか道がなくて、わたしが苦労するんだわ」

誰が聞いても耳を疑うようなことを呟《つぶや》くが、幸運なことにアザリーの呟きを耳にして思わず反論してしまう者はこの場にいない。

「乙女心がわかるなんて期待はするだけ無駄よ。チャイルドマン先生に認めさせるより執行部を攻めた方がよっぽど楽に決まってるもの。……そう考えると、マリア・フウォンは上手くやったわね」

敵ながらあっぱれな手段だ。「執行部に認めさせるのが近道」とアザリーは呟きながらメモ帳に書き込んだ。効果的な方法を利用するのは当然だ。

「これは聞き込み調査が必要かしら? わたしが何を武器にしてマリア・フウォンを倒す

のか。どうやって執行部にわたしのことを認めさせるのか。客観的な意見もほしいわ」

自分で考えても良い考えが思い付かなかったので、他人に尋ねることに決めた。これからの方針が定まると、自分の迷いをぐちゃぐちゃに書き込んだメモ帳をビリビリと破り捨てる。丸めてゴミ箱に捨てると、アザリーは勢いよく椅子から立った。

「ティッシもキリランシェロも教室にいるわよね」

アザリーは戦闘服を脱ぎ捨てると、上級魔術士の黒いローブに着替えて教室へ向かった。


「は？　何だって？」

アザリーの質問に素っ頓狂な声を上げたのは赤毛の少年ハーティアと彼女の弟キリランシェロだった。二人とも同じチャイルドマン教室の生徒だ。レティシャが教室にいなかったので二人に質問したわけだが、ハーティアはまだ多少そばかすの残る顔を歪めてアザリーを見上げている。

キリランシェロは困ったように教室内を見回し始めた。教室内にはフォルテもいたけれど、こちらを見ようともせずに何やら書き物をしている。会話に参加するつもりはないと、全身で表していた。

「あら、聞こえなかった？　他の誰にも負けないわたしの長所はどこか答えてみなさいって言ったのよ」

アザリーが同じ質問を繰り返して答えを促すと、二人は顔を見合わせた。顔をしかめ合ったり肩を竦《すく》め合ったり手を振ったりと、声には出さない無言のコミュニケーションを交わす。キリランシェロは姉であるアザリーよりハーティアと気が合うようだ。

（本当にこの二人って仲が良いわよね。昔はわたしやティッシの周りをうろうろしていた人見知りのキリランシェロがこんなに成長するなんて……）

二人が手旗信号のようなやり取りをしている様子を姉としてアザリーが感慨深い思いで見守っていると、無言の会話は終わったらしい。「うぐ」と小さく呻《うめ》いたキリランシェロがアザリーを見上げた。

「……あのさ、アザリー。どういう意味で言ってるか、聞いていい？」

「キリランシェロ、長所って言葉にいくつも意味があるの？」

弟が何を言い出したのかわからなくて、アザリーはムッとしながら見下ろした。彼女が欲しいのは答えであって質問ではない。

「あ、いや……。うん、そうじゃなくて、誰にとっての長所なのかって意味だよ。ティッシやぼくみたいな家族から見た時とチャイルドマン教室の皆、別の教室の学生や先生、《塔》以外の一般人なら全然変わってくるじゃないか」

怖々という口調と今すぐにでも逃げだそうと隙を窺っている動きが少し癇《かん》にさわるが、キリランシェロの言葉には一理ある。

(誰から見た時の長所か、ねぇ……)

正直なところを言えば「チャイルドマン先生」ということになる。だが、自分の弱点になり得る部分をアザリーは公言などしない。

「執行部よ。ちょっと点数稼ぎをしておきたい事情ができたの」

「へ？　執行部？」

わけがわからないと戸惑った表情を見せつつ考え込んだキリランシェロと同じように、ハーティアも腕を組んで「うーん……」と唸《うな》る。

「執行部に対する点数稼ぎか……。普通は執行部からの依頼を受けて、レポートを提出することで名前を覚えてもらうことから始めるよな？」

「いや、アザリーは名指しで命令が来るんだから名前は完全に覚えられてるだろ？……あとは、功績を挙げるとか？」

ハーティアとキリランシェロは思い付くことを述べ始めた。ふんふんと頷きながらアザリーは二人の意見を聞く。けれど、あまりにも基本的すぎる。

「危険度の高い遺跡の探索に立候補してくれればいいんじゃない？」

「さっき先生と行って、戻ってきたばかりなんだけど」

魔力が高くなければ入れない隠し部屋とそこにあった古代種族の遺産を発見し、出口を開けて調査隊が入れるようにしてきたところだ。功績ならば十分だと思う。

「さっき戻ってきたって、報告用のレポートは書いたの？」

「……まだよ」

イールギットたちの会話を聞いたため報告書どころではなかったが、忘れずに書かなければならない。面倒だが、これも点数稼ぎだ。そう思えば、少しはやる気が出るかもしれない。

「せっかくだからレポートの自分の名前を心持ち大きく書くべきかしら？」

「そんなことより丁寧に書いた方がいいよ。アザリーの字は癖が強いのに字間がほとんどなくて読みにくいからさ」

キリランシェロが言う通り、アザリーの字は決して上手くない。彼女のレポートがしばしば書き直しになるのはそのせいだが、それを本人に言う必要があるだろうか。処置なしというように一つ溜息を吐いたフォルテがさっさと教室から出て行くのが視界の端に映った。

（ちょっとキリランシェロには教育が必要かもしれないわね）

弟が少しでもいい男になれるように教育するのは姉としての務めだ。アザリーがそう考えて一人で深く頷いている間にも、ハーティアとキリランシェロの会話は進んでいく。

「アザリーが他の誰にも追随を許さないところなら思い付くんだけど、点数稼ぎはなぁ……」

「ハーティア」

「よく考えてみろよ、キリランシェロ。執行部に対する点数稼ぎだぞ。だったら、まずは欠点を減らすところが一番重要じゃないか。アザリーが執行部に覚えられているのなんて、暴走癖とか、《塔》の建物を壊した回数に決まってる」

「それはそうだけど、アザリーがおとなしくするなんてあり得ないじゃないか」

「ああ。アザリーの理不尽さは世界一だけど、どう考えても長所にも点数稼ぎにもならないもんな」

ポンポンと言い合う二人の視界にアザリーは入っていないらしい。腕組みをして意見を聞いていた彼女は、どんどんと過熱していく会話にヒクヒクと口元を引きつらせていく。

「ふぅん……。黙って聞いていれば、ずいぶんと好き勝手なことを言ってくれるじゃない。あんたたち、いくらなんでも悩める乙女に対してふざけすぎよ」

アザリーが声をかけた瞬間、ハーティアとキリランシェロが文字通り飛び上がった。顔を恐怖に強張《こわば》らせ、慌てて教室内を見回す。だが、助けてくれそうな人影は全くない。

「ほら、やっぱり理不尽じゃないか！　誰が悩める乙女だよ!?　普通の悩める乙女はこんなふうに凄《すご》まないって！」

「アザリー、待った。よく考えよう。これから執行部の点数稼ぎをするんだろ!?　ここで暴れたら稼げないよ！　むしろ、点数が減るからさ！」

キリランシェロが引きつった笑みを浮かべて必死に言いつのりながらじりじりと後ろに下がる。アザリーはその距離をずんずんと詰めていった。

「よし、キリランシェロ。その調子だ。後は任せた！」

ハーティアがくるりと背を向けて逃げ出す。キリランシェロが「裏切り者！　逃がすか！」と後を追い始めた。アザリーも同感だ。誰がこの無礼者たちを逃がすというのか。

「ええ、そうね。逃がさないわ」

アザリーは即座に魔術の構成を編み始めた。一瞬振り返ったハーティアとキリランシェロが涙目になりながら防御の構成を編む。

「光よ！」

「我は紡ぐ光輪の鎧《よろい》！」

わずかにアザリーの方が早かったか、同時だったのか。悩める乙女という単語からはとても想像できない規模の魔術がアザリーの手から放たれた。教室の中を白い光と熱が満たし、周囲を蹂躙し始めた。机が跳ね上がって割れていき、椅子が砕けて破片が飛び交う。天井、床、壁にひびが入って捲《めく》れ上がり、教室にあった物はすべて灰や炭と化した。

光が力を失った時に原形を留《とど》めていたものは、ぎりぎり防御の魔術が間に合ったハーティアとキリランシェロ、そして、術を放ったアザリーの三人だけだ。光が収まるやいなや二人は瓦礫《がれき》の山を飛び越えて逃走を再開した。アザリーもすぐさま追いかける。

「しぶといわね」

「ここまで派手に教室を壊して言うことがそれ⁉」

悲鳴混じりに逃げる二人は、扉が消し飛んで穴と化した出入り口から飛び出した。そのまま廊下を走っていく。

「待ちなさい！」

そう叫んだ直後、ハーティアとキリランシェロが「ぐっ！」「ふげっ！」と踏み潰される蛙《かえる》のような声を出したのをアザリーの耳が拾った。同時に、二人が自分に向かって吹き飛んでくる。アザリーは咄嗟《とっさ》に前に飛び込み、前転しながら受け身を取って二人を避けた。立ち上がると、すぐさま警戒態勢を取る……はずだった。

「え？」

何故か世界が一回転する。正確には世界ではなく、アザリー自身が一回転していた。誰かに投げ飛ばされたのだとわかったのは、体が空を舞い、ハーティアとキリランシェロの上に投げ出された時だった。

「うげっ！」

「ふぎっ！」

自分の下で二種類の悲鳴が聞こえたけれど、それを無視してアザリーは素早く立ち上がって警戒態勢を取った。悠然とした足音が近付いてくる。その足音で誰に投げ飛ばされたのかアザリーにはわかった。チャイルドマンだ。けれど、相手がわかったからといって警戒が緩むわけではない。むしろ、チャイルドマンが相手ならば更に警戒すべきだ。

「ひどい有様だ」

じゃりと瓦礫を踏みしめて教室に入ってきたのは、チャイルドマンと教室長のフォルテだった。

「破壊には間に合わなかったか。残念だ」

フォルテがさっさと教室を出て行ったのは、チャイルドマンに告げ口するためだったらしい。破壊された教室を見回し、チャイルドマンが警戒したままのアザリーに短く命じる。

「アザリー、修復せよ」

いつも通りの淡々とした声。けれど、その声には逆らえない迫力がある。見つかってしまっては仕方がない。アザリーはすぐにでも攻撃に出られるようにしていた構えを解いて修復を始めた。

「あの、チャイルドマン先生。ぼくらも、連帯責任ですか?」

「いや、事の発端はフォルテから聞いた。お前たちは無駄口が死を招く、と心得よ」

アザリーに対して余計なことを言ったけれど、二人への罰は投げ飛ばしたことで終わりにするようだ。軽く手を振ってチャイルドマンはハーティア、キリランシェロ、フォルテに教室から出て行くように言う。キリランシェロがアザリーを気遣うように一度だけ視線を向けてから出て行った。

「遺跡の探索から戻ってきたばかりで、これだけの騒ぎを起こす体力と魔力が有り余っているとは……」

「終わるまで見張るなら、どうぞ」

チャイルドマンの言葉を遮るようにして、アザリーは最優先で修復した椅子と床の一部を仁王立ちしている彼に示した。チャイルドマンがピクリと眉を動かす。

「気を遣うところが違う」

椅子に座ったチャイルドマンが教室内を修復していくアザリーを見ているのがわかる。

視線に緊張して魔術が霧散しないようにアザリーは集中する。床、壁、天井、窓、扉……。大きな物を修復するだけでも大変だ。何度も修復の魔術を使っているうちに、アザリーは疲労を感じ始めた。

「執行部への点数稼ぎなど何を考えている？」

「あら、《塔》に所属する人間なら誰でも考えることではありませんか？」

「君は今まで考えたことがないだろう？　それとも、執行部に関わりたいのか？」

温度があるならば氷点下だと思えるような厳しい目、同時に何の誤魔化しも効かないような鋭い目がアザリーに向けられる。見慣れたチャイルドマンの顔だが、怖くて一歩下がりそうになった。

しかし、空気に呑まれるわけにはいかない。アザリーは腹に力を入れて背筋を伸ばす。執行部に評価されたい理由、すなわち、チャイルドマンへの感情を悟られるわけにはいかないのだ。

「わたしは関わりたいのではなく、評価されたいだけです」

「ならば、考えてみなさい。マリア教師が君と同じ年齢で教師補になっていたにもかかわらず、君が推薦されないのは何故か？　欠点を埋めなければ、執行部に評価されることはない」

淡々とした声がアザリーの心の一番深いところを的確に抉《えぐ》る。アザリーは魔術の構成を放り出して耳を塞ぎたくなった。よりにもよってチャイルドマンからマリア・フウォンと比べられ、自分の方が劣っていると言われたのだ。全身が震えるような感情の爆発が自分の中で起こり、怒りのあまり目の奥が熱くなってくる。その影響を受け、アザリーを取り巻く魔術の構成がわずかに揺らいだ。

(最悪だわ)

構成を見ることができるチャイルドマンに自分の動揺を知られたくない。その一心でアザリーは歯を食いしばって暴れる感情を制御する。揺らいで、そのまま霧散するかと思われた魔術の構成は持ち直した。何か言いたげにわずかに唇を動かしかけたチャイルドマンが、口を閉ざす。

さっさと直りなさい、と心の中で叫びながらアザリーは魔術の構成を瓦礫の山に叩きつけた。原形を留めていなかった椅子や机が白い光に包まれた後、教室に再び姿を現した。

修復が終わったことを確認し、チャイルドマンは教室を出て行く。教室が何事もなかったかのように元に戻っても、深く抉られたアザリーの心は修復されなかった。

アザリーは自室のベッドに身を投げ出すと、膝を抱えて胎児のように丸くなった。布団を頭までかぶって、きつく目を閉じる。それから、「このくらい、なんということもないわ」と自分に言い聞かせるように何度も呟く。

これは自分のベッドの中しか一人でいられることがなかった孤児院時代からの癖だ。ある日突然一族が幼い子供――アザリーとレティシャの二人を残して滅亡し、孤児院に引き取られた時からアザリーはずっとそうして心の痛みをやり過ごしてきた。

(このくらい、なんということもないわ。……でも、魔術で勝てると言い切れないわたしに何があるって言うの?)

《牙の塔》でアザリーにしかできないことと言えば白魔術だが、これは一応秘されていることだ。それに、白魔術は《塔》で教えていることではないので執行部には評価できないし、白魔術を専門に学んでいる者に比べると大したレベルではない。

(戦闘技術ではもうキリランシェロに負けてるのに……)

キリランシェロはどんどんチャイルドマンの強さに近付いている。彼が殺す気になればアザリーは勝てなかったことを思い出す。キリランシェロの成長にはもう皆が気付いている。鋼の後継と呼ばれる弟のように、周囲に認められる何かがアザリーには必要なのだ。

マリア・フウォンに勝つために。

チャイルドマンに認められるために。

何より、アザリーがアザリーとして生きていくために。

いくら考えても答えが出ない悶々《もんもん》とした苦しさの中、「アザリー、入るわよ」という声が聞こえた。レティシャだ。

折り目正しい二回のノックをして入ってきたレティシャは、こんもりとした布団を軽く叩いた。アザリーが反応せずに黙っていると、再び布団が叩かれる。

「大丈夫なの、アザリー？」

「何しに来たのよ、ティッシ？」

アザリーが布団に潜ったまま機嫌の悪さを丸出しにした声で答えると、レティシャが「来たくて来たわけじゃないわ」と苦笑した。

「イールギットたちを相手に暴れ出すんじゃなくて、キリランシェロとハーティアに対して暴れるなんて何があったのよ？　ベッドに潜り込むくらい落ち込むこと？」

一族を失って孤児院に入った時も、九歳で《牙の塔》に引き取られた時もレティシャは一緒だった。アザリーがどん底に落ち込んだ時の癖を知っている。彼女に弱音を吐くのが嫌で、アザリーは虚勢を張って布団から顔を出した。

「このくらい、なんということもないわ」

「そう？　じゃあ、これ以上はきかないけど……」

　レティシャの表情にはアザリーが精一杯強がっていることを見抜いて放っておいてくれる優しさがある。彼女はベッドの端に座ってアザリーの顔を覗《のぞ》き込んだ。布団で擦《こす》れてぐしゃぐしゃになっている前髪を指先でそっと直す。

「実はね、寮に戻る途中でキリランシェロに頼まれたのよ。アザリーの様子を見てほしいって」

「キリランシェロが？」

「アザリーはわたしと寮ですれ違った後、休まずに教室で暴れて、チャイルドマン先生の命令で全部の修復を一人でしたんでしょ？　連続で魔術を使って大丈夫なのか心配だったみたいよ」

「何よ。さっさと逃げ出したくせに可愛《かわい》いことを言うじゃない」

　キリランシェロは腹の立つことを言うこともあるけれど、基本は素直で優しい。アザリーは軽く目を閉じて小さく笑う。

「可愛い弟にあんまり心配かけないようにね」

　アザリーが笑ったのを見たレティシャは、安心したように息を吐いてベッドから立ち上がった。布団から顔だけを出しているアザリーに軽く手を振って扉へ向かう。

「あ、そうそう。チャイルドマン先生から伝言よ」

部屋を出る寸前、レティシャが思い出したように振り返った。チャイルドマンという名前にアザリーは布団の中で身動《みじろ》ぎする。もしかしたら一連の会話と感情の揺れで自分の想《おも》いに気付かれたのだろうか。もしかしたらキリランシェロのようにわたしのことを心配してくれたのだろうか。不安と期待が入り混じり、喉が鳴った。布団をつかむ手に力が籠《こ》もり、妙に息苦しくなる。

「早く報告書を提出するようにって」

身構えていた反動で一気にアザリーの体中の力が抜けた。一人で傷ついて一人で悩んでいる自分が馬鹿みたいだ。期待も不安も消し飛んだ。アザリーはガバッと布団をはね除《の》けてベッドを降りる。

「すぐに書いてやるわよって伝えてちょうだい、ティッシ！」

閉まった扉に怒鳴りつけ、アザリーは机に向かった。ひくひくと顔を引きつらせながら乱暴に報告書の用紙を取り出すと、執行部からの命令内容や遺跡の概要について乱暴に書き殴る。

「あの堅物の唐変木に期待なんてしてなかったわよ。ええ、そうよ。そんなの無駄って何年も前からわかってたもの。こうなったら意地でも認めさせてやるわ。執行部の前にまずは先生よ。わたしのすごさを思い知らせてやるんだから！」

怒りにまかせて一心不乱に報告書を書いていると、行き詰まっていた思考に一筋の光が差し込んできた。

「……悪くないわね」

古代種族の遺産についてはチャイルドマン教室の中で自分が一番詳しいとアザリーは自信を持って言える。それはすなわち《塔》の中でも上位に入る項目だということだ。マリア・フウォンも教師なのである程度詳しいはずだけれど、決して勝てない分野ではない。

特に古代文字の解読は執行部でも評価されている。今、執行部へ好印象を強く与えるならば、新しい魔法陣の発見や魔術文字の解読、古代種族の遺産の使用方法を解明することではないか。何よりチャイルドマンに「わたしにはこれができる」と胸を張れるし、いずれは肩を並べられるようになるかもしれない。

翌日、アザリーは資料管理室に足を運んだ。古代種族の遺産が見つかる度に運び込まれてくる《塔》にはたくさんの資料室がある。その中でもアザリーが向かったのは、発見されてすぐの物が集められる場所だ。何が見つかったのか、管理人が確認して番号を振っていく部署である。

発見された古代種族の遺産は最初にすべてここに持ち込まれるため、この部屋で報告書を書くことも多い。壁際の棚には登録待ちの古代種族の遺産が置かれていて、報告書を書くための机が並んでいる。

「昨日、チャイルドマン先生が運び込んだ遺物があるでしょう？　報告書を書くために必要なの。見せてもらっていいかしら？」

「あぁ、あの棚にあるのがそうですよ。報告書はこちらの机で書いてください」

管理人は無愛想に答えると、別の棚の遺産を見ては手元の紙に何やら書き込んでいる。

アザリーは言われた通りに机へ向かい、自分が持ち帰った古代種族の遺産を机の上にずらりと並べて報告書を書き始めた。

「あぁ、これは大事な物を入れる箱ね」

小さな箱を手に取り、さっと見ただけでアザリーには魔術文字が解読できた。『誰にも映らぬ』と刻まれている。本人以外には開けられない効果があるようで、中に何が入っているのかわからない。

けれど、古代種族の遺跡から今までにたくさん見つかっている。遺産の中ではありふれた物だ。中には空箱で蓋が開いているままの箱があり、閉めてみたら他の人では開けることができなくなったことがあったため、この魔術文字の効果がわかったのだ。

「次。この銀のリングは……」

アザリーの指にはまったく入らない小ぶりの指輪を手に取り、目を細めて魔術文字を読んでいく。銀のリングには魔術文字で『武器よ落とせ』と刻まれていた。同じ文字が刻まれている古代種族の遺産から考えても、持ち主を災厄から防御する効果があるはずだ。

「まー、でも、そんなに強い魔術士が造った物じゃないみたい。文字の精度が低いから使えても一度ね」

比較的よく刻まれている魔術文字だ。一度使ってみて効果の確証を取ってみてもいいが、研究価値はそれほど高くない。使ってみるにしても、アザリーの節の膨れた指には入らないので持ち主にはなれない。

「キリランシェロなら入るかしら?」

十五歳の男の手がそんなに小さいはずがない。けれど、アザリーの記憶にあるキリランシェロの手にはちょうど良く思えた。災厄から守ってくれるという効果も弟にはぴったりだし、魔術文字の勉強にもなるだろう。

アザリーはキリランシェロに見せてやろうと考えてポケットに指輪を入れると、古風な鞘に収まった剣を手に取った。

「えーと……これは月の紋章の剣ね」

遺跡で発見した時には魔術文字が読み切れなかった剣だ。剣の柄《つか》と刀身の間に、円盤状の月にのった不気味な獣の細工が凝らしてある。魔術の印章に違いない。見たことがある魔術文字がある。何だっただろうか。すぐには解読できないけれど、同じ魔術文字を使った遺産の資料がどこにあるのかは知っている。

「ねぇ、これに似た物の資料が別の資料室にあったわ。確か教師室の並ぶ一角にある資料室よ。そっちで調べてくるわ。報告書は詳細な方がいいでしょう?」

アザリーは管理人に声をかけると、月の紋章の剣をつかんで目当ての資料室へ向かおうとした。別の棚に並んでいる物の登録をしていた管理人がすさまじい速さで振り返り、駆け寄ってくる。

「いけません。昨日届いたばかりでまだ登録できていないので持ち出し禁止です」

「じゃあ、資料を向こうから持ってくるわ。ここで調べる分には問題ないでしょ?」

「はい。古代種族の遺産を持ち出さなければ構いません」

管理人はアザリーが机の上に剣を置いたのを見届けてから、再び作業に戻る。アザリーは資料管理室を出ると、教師室の向こうにある資料室へ向かった。

真っ直《す》ぐな廊下にずらりと扉が並んでいる。扉のそれぞれには一枚ずつのプレートがあり、教師の名前が書かれていた。チャイルドマン・パウダーフィールド教師と書かれたプレートのある扉をちらりと見て、アザリーは通り過ぎる。扉の横にあるフックには、在室の札があるのを何となく確認して――。

資料を持ってきたことで、剣に刻まれた魔術文字の解読が進む。いくつもの資料の中から拾い出してきた言葉を繋《つな》げていく作業は、まるで宝探しのようでアザリーは嫌いではない。報告書を書くことも忘れ、アザリーは文字の解読に没頭していた。

「あった！　これだわ！」

最後の一文字を探し出したアザリーは、心地良い達成感に満足の笑みを浮かべる。

バルトアンデルス『いつでもほかのなにか』

そう刻まれた剣を見つめ、アザリーは少し考え込んだ。読むだけならばできたけれど、この文字の並びがもたらす魔術的な効果は一体何だろうか。

（いつでもほかのなにか……。もしかして、変身の魔術⁉　未知の魔術じゃない⁉）

全身の血が沸き立った。呼吸さえ詰まるような興奮の中、アザリーはじっと剣を見つめる。剣の柄と刀身の間に刻まれた円盤状の月にのった不気味な獣と目が合ったような心地がした。その瞬間、アザリーの脳裏に「《塔》に戻ってから研究してみればいい」と言ったチャイルドマンの声が蘇《よみがえ》ってくる。

（この剣を自在に使えるようになれば先生もわたしを認めてくれるかしら？）

魔術文字がある古代種族の遺産の多くは、魔術文字の意味を理解したうえで、魔術文字を活性化させるなんらかのアクションがあった場合に作動する。つまり、文字を解読しただけでは意味がないのだ。どのようにすれば作動するのか、そこが重要である。

（月の紋章ってことは夜の方が良いのかしら？　満月の夜？　剣だから何かを刺すことで発動する？）

アザリーの頭が高速で動き出す。チャイルドマン教室の中でも実力を認められている彼女は手早く検証実験の計画を立てていく。

（これをわたしが解読したという証人がいるわね。それに、自在に使えるようにするためには助手も必要よ）

そう考えた瞬間、思い浮かぶのは可愛い弟の姿だ。アザリーが助手にするならばキリランシェロしかいない。

（絶対に成功させるわ。あの堅物にわたしのことを認めさせてみせるんだから！）

アザリーはバルトアンデルスの剣を手にすると、管理人の様子を注意深く見ながら音もなく資料管理室を出る。

未知の魔術であるこの剣の検証実験をしたらどうなるのか。その結果をアザリーはまだ知らない。彼女の胸の内にあるのは、ただ希望と期待だけだった。

あとがき

『魔術士オーフェン』シリーズの二十五周年おめでとうございます。この企画に参加して、皆様と共にお祝いできることを非常に嬉しく思います。

このアンソロジー企画はあまりにも素晴らしい作家の先輩方がずらりと並び過ぎていると思いませんか？　初めてお話をいただいた時は、「私が参加するなんて畏れ多い」と本気で尻込みしたものです。いや、本当に「なんで私？」ってなるでしょう？　大学時代に読んだことがありましたし、オーフェンは好きですが、明らかに私一人だけ浮いているじゃないですか。しばらく悩んで返事を保留にしていたのですが、担当さんからのお願いに加えて、旦那による強力な後押しで参加することになりました。

大学時代の私にオーフェンを勧めてきたのが、当時彼氏だった旦那なのです。ライトノベル大好きですから、この企画の先輩方の著書は大体読んでいるのではないでしょうか。この企画に一番興奮しているのは、旦那だと思います。嬉々として読み返していました。

この短編を書くに当たって私もオーフェンを久し振りに最初から読み返したわけですが、先へ先へと急かされるように読んでしまう没入感があり、それに身を任せていると脳内がオーフェン一色になりました。読了後はまるで酩酊しているような心地になれますよ。

　さて、今回はアザリーを書かせていただきました。直接の出番は少なめですが、『魔術士オーフェンはぐれ旅』の準主役で非常に重要な人物です。牙の塔時代の話が詰まったプレ編を初めて読んだ時、アザリーのチャイルドマン先生に対する想いや、先代の天魔の魔女であるマリア先生との確執というか勝手な逆恨みが、私にはとても印象的でした。

　プレ編でちょこちょこと散りばめられているアザリーの恋心の欠片を拾ってみるのも面白そう……。そんなところから書き始めた短編です。オーフェンの視点では可愛がってくれるけれど凶暴で暴走癖のあるアザリーですが、ちょっとでも恋する等身大の女の子らしさを感じていただけると女性作家として私が参加した意味もあるかなと思います。

　二十五年という長い期間ずっと愛され、未だに色褪せずに楽しめるオーフェンの世界を綴り続けられる秋田禎信先生を尊敬しています。これからも私達を楽しませてくださることを期待して、お祝いの言葉とさせていただきます。

二〇一九年四月　香月美夜

少年と歯車様と老人と

神坂一
Hajime Kanzaka

風のささやき、木の葉擦れ。小鳥のさえずり、爆発音。

それは何の変哲も無い日常。

目をやれば、やや離れた壁の一部が砕け崩れて、そばには男子生徒が一人、倒れて呻いている。

顔に見覚えはあったのだが、名前は正直覚えていない。

しでかした方は立ち去ったのか、近くにそれらしき生徒の姿は見えない。

——またか——つくづくここは——

うんざりと舌打ちしたくなるのを押し殺し、少年は無理矢理口の端を笑みの形にゆがめてみせると、

「うむ。元気があるのは悪くない！」

尊大な口ぶりで朗々と——誰にと問われれば自分に向けてひとりごとをわめくと自身を鼓舞し、そちらに向かって歩き出す。

魔術による攻撃で器物損壊と傷害と。

普通の街なら事件だが、ここではそれほど驚くほどのことでもない。

——牙の塔——

この魔術士の学び舎《や》では、授業で、イタズラで、コミュニケーションの手段として、魔

術がぶっ放されるのはままあること。

もちろんそれが世間一般から見れば非常識だと、生徒も教師も知っているのだが、この学び舎で育むものは常識ではないとも皆知っている。

少年は、呻く生徒のそばで足を止め、自分の肩口にまとわりつく無造作に伸ばした黒髪を手ではねのけると、傲然と患者を見下ろした。

血まみれか血まみれでないかと言えばおそらく七：三で血まみれに軍配が上がるだろうが、失血性ショックを起こすほどではない。

左足がちょっと変な方を向いているのはご愛敬。

あとは内臓に損傷さえ無ければ、少年にとってはたいしたケガではない部類に入る。

「元気が余って俺に患者が提供されるのはなお悪くない！　ただし俺が暇な時に限る」

倒れたまま呻きもがく生徒はそこでようやく少年に気づき、視線を上げる。

「コ……コミクロンっ……⁉」

「その通り！」

喝采を求めるがごとく少年――コミクロンは天に向かって大きく両の手をひろげた。

仰いだ先で、三階の窓から覗いていた野次馬とがっつり視線が合うが、もちろんそこは気にしない。

「生命の神髄に最も近づいた男とマーサおばさんに言われたこともある俺が来た以上、もはや哀れな犠牲者が痛みに苦しむ必要は無い！　まさに今！　お前にとっての救世主が降臨したのだ！　崇《あが》めよ称《たた》えよ朝から夜まで褒めそやせ！」

「……そういうの……いいから……早くっ……治療してくれっ……！」

額に脂汗をにじませながら治療を促す生徒に、コミクロンは脱力したかのように両手を下ろすと、きょとんっ、とした顔を向け、

「む。俺の口上は聞かなくていいのか」

「……いいからっ……」

「俺には、気が乗らないから治療しない、という選択肢もあるのだが？　そういえば治癒魔術を試したくてうずうずしていた未熟な生徒が手近な怪我人《けがにん》相手に試した結果、足の骨が丸々一本親知らずになったという都市伝説を聞いたことがあるな」

「……わあ……コミクロンの口上聞きたいなぁ……」

「ふっふっふ。よかろう！」

コミクロンは満面の笑みを浮かべると、天に向かって大きく両の手をひろげ、

「生命の神髄に最も近づいた男と――」

そこからやるんだ、という文字が生徒の顔には浮かんでいたが、もちろん今度は口上を

中断させる愚は犯さない。

およそたっぷり一分半、コミクロンの口上が終わり――喝采はどこからも沸かなかったが――わずかな余韻を味わってから。

コミクロンは、その場にひょいとしゃがみ込むと、倒れた生徒のゆがんだ左足を無造作に掴《つか》んで、
ごりぼりんっ。

「ごぎゅっ!?」

生徒が変な声を上げ、体を大きく跳ねさせるが、これもよくある反応なのでコミクロンは意にも介さない。

あのまま魔術で骨を接げばゆがんだ状態で癒着してしまうため、ちょっとひっぱったりねじったりして正しい位置に戻しただけなのだが。

生徒の体のあちこちに触れ、内臓が無事なこと、額の出血が止まりつつあることを確かめると、とりあえず折れた足をなおすべく魔術の構成を編む。

両手のひらで折れた部分を覆うように触れ、

「システム０６３」

細胞が持つ治癒能力が極限近くまで活性化され、傷のまわりが熱を持つ。その熱が触れ

たてのひらに伝わってくる。

発動と同時に傷が完治するわけではなく、少々時間はかかるものの、コミクロンにとってはルーチンワークに等しい使い慣れた治癒魔術。

特に高度な集中も必要とせず治癒を続けながら――

コミクロンの脳裏には、いつかの夜が甦《よみがえ》っていた――


――雨が降っていた――


いや。違う。

夜も近い曇天の夕刻、憂鬱な薄闇ではあったが、実際のところあの時には雨など降ってはいなかった。

コミクロンの感情が、記憶に陰鬱で重い印象のフィルターをかけ、事実とは異なる、雨のイメージをつけ足しているのだ。

《塔》の生徒があれやこれやの理由で、厄介事の解決に引っ張り出されるのは珍しくない。

厄介事が常に荒事とは限らないが、そうであることの方が多い。

ことを片付けて全員無事に戻って来られるようにメンバーが選抜・編成されてはいるが、不測の事態は常にありうる。

あの日がそうだった。

大小さまざまな計算外や偶然が重なった結果、同行した一人はかすり傷とは呼べない傷を負い、草むらに横たわると細い息をかろうじて繋いでいた。

心象が生み出す偽物の雨が降りしきる中、コミクロンは使える限りの治癒魔術を次々と編み続け、しかし同行者の息は少しずつ細くなり――

心象の雨は音を立てない。

呼吸が途絶えたそのあとは、ただ、無音。


子供の頃、自分は神に選ばれたのだとさえコミクロンは信じた。

近所では神童と称えられ、野菜売りをしているマーサおばさんのすりきずを魔術で治癒した時には、生命の神髄に最も近づいたとおばさんに絶賛されたこともあった。さすがにちょっとおおげさすぎるとは思ったが、褒められてうれしかったのは事実だ。

己の才を信じ、俺が魔術の歴史を塗り替える、くらいのつもりで《牙の塔》に来て――

神童は凡夫になった。

いや。正確にはまわりが神童ばかりになったのだ。そこには彼と同等の、場合によってはそれ以上の才能を持つ子供たちしかいなかった。

そこでのコミクロンは、基礎や戦闘については悪くはないがまあ普通。こと治癒術に関してはそれなりに評価されたものの、それなり、を超えるものではなかった。

ついでに言うなら、最近では彼自身が、漠然とした伸び悩みを感じていた。

人体の構造は学んでいるつもりだ。魔術の構成も検討を重ねている。

だが、それで目覚ましく治癒魔術の精度が上がる様子は無い。

術の性質上、試してみるのが容易ではないのも伸び悩みの原因の一つ。

これが攻撃用の魔術なら、グラウンドに的を立てて試し撃ちでもすればいい。

しかし治癒魔術となると話は別。

首の骨が折れた時に治す術を試してみたいから、ちょっと首を折らせてくれるか？　というわけにはいかない。失敗した時、間違ったかな、では済まない。

もちろん《塔》の性質上、身近にケガ人はひっきりなしに出る。

しかし《塔》にはコミクロン以外にも、治癒魔術を試したがっている者はいる。東にケガ人が出たと聞いて腕まくりして向かってみれば、すでに別の誰かが実験……もとい。治療に当たっていることも多々。

最初に出くわしたとしても、今試してみたい術にぴったり都合のいいケガをしているとは限らない。

現に今行き当たったのも——語弊はあるが——ごくありきたりな骨折。コミクロンにとっては、腕を錆《さ》び付かせない程度の練習にはなるが、何か新しい閃《ひらめ》きや発見を得られるようなものではなかった。

やがて治療は完了する。生徒がコミクロンに礼を言い、左足をややかばいながらも立ち去る姿を見送って——

「む？」

コミクロンは小さく呻いた。

窓から顔を覗かせていた野次馬たちは、治療の様子を眺めるのにも飽きたのか、もういない。

かわりに、どこからともなく現れた用務員の爺《じい》さんが、崩れた壁の片付けをやっている。

——もっとも、用務員の爺さん、という言葉から連想される容姿とはかなりかけ離れていたが。

頭髪は白く顔には年相応の皺《しわ》が刻まれているが、がっしりとした太い顎に鋭いまなざし。上背は平均的な教師たちより頭一つ高く、《塔》支給の黒ローブを、厚い胸板が下から押し上げている。腕も太く指も節くれ立っており、午前中に五人殺したと言われても信じそうになる。

――たしか皆は、キャシィ爺さんとか呼んでいたはずだった。

用務員といっても、街にある普通の学校のそれとは異なる。日常的に魔術が放たれ諸々《もろもろ》が破壊される《塔》で、手作業で手入れや修復をしていたのでは間に合わない。つまるところ、《塔》の用務員とは《塔》直属の修復魔術のエキスパートと言い換えることもできるのだ。

そんなエキスパートでも一人では修理の手が足りなくなるのか、三、四人が常に詰めていて、キャシィ爺さんはうち一人だった。

道具箱も持っているが、そちらは横に置いたまま、老人は崩れた瓦礫を前にすると、

「ものは大事にせにゃならんよ」

サビのある低い声。

言葉の内容は子供に言い聞かせるようなものだが、それが呪文になっているのだろう。術の構成が投射されるのが、コミクロンの目にははっきりと映った。

――その構成は精緻。

万華鏡を想わせるようなそれに、コミクロンは刹那、我を忘れた。

決して派手でも強力でもない。単純で小さな構成。しかしそれらはいくつもが規則正しく、立体的に連動し相互に干渉している。

まさに調和にして秩序。

その美しさにコミクロンはしばし見入った——いや、魅入られた。

だがその時は永遠には続かない。

美しい構成はさほどの時間も経《た》たずに消えて、術による修理が済んだあとには、変哲も無いただの壁。

「やれやれ」

呪文ではないつぶやきを漏らし、爺さんが腰を伸ばした時、コミクロンは、自分が呼吸すら忘れていたことにはじめて気がついた。

我に返ると意を決し、老人の方に歩み寄り、

「キャシィ爺さん」

呼びかけに老人は、街のごろつき程度なら無言で道を開けそうなまなざしを肩越しに送り、

「ラヴァルカだ。ラヴァルカ・サンド」

コミクロンは一瞬考えると、それが爺さんの本名なのだと理解してうなずき、

「なるほど。で、キャシィ爺さん、話をする時間はあるか」

「仕事がある」

今度は振り向きもせずに言いながら、結局使わなかった道具箱を持ち上げて歩き出す。

「うむ。ならついていこう」

コミクロンは答えを否定とは取らず、老人のあとについて歩き出した。


生徒の部屋に比べると、用務員の個室はずいぶん広かった。

とはいえ私物か手入れ中か、農具に工具、道具を手入れするための道具が床に棚にひしめいており、個室というより作業部屋にしか見えなかった。

あくまで個室ゆえ、もちろんベッドもあるのだが、この空間に置かれていると、むしろ修理中の備品に見える。

見慣れた道具。はじめて見る道具。道具……なのか端材なのかよくわからない何か。

普通ならいろいろなものに気を引かれるところなのだろうが、部屋に入ったその瞬間から、コミクロンの目はある一点にだけ引き寄せられていた。

部屋の奥、窮屈そうに置かれた作業机。

その左側に面した壁には、ちょっとした窓ほどの大きさに、銀色のかがやきがあった。

かがやきに呼び寄せられるように、コミクロンはふらふらと歩みを進める。

天啓が。


「――これは――」

彼の脳裏に舞い降りた。

「——何だ——？」

無数の小さな銀色のかがやきが、噛み合い重なり動き続けていた。

一隅に紐が垂れ下がり、それを引けばゼンマイが巻かれ、力を生み出す。力は小さな部品を動かし、噛み合った別の部品を動かし、それがさらに——と連鎖して動き続けていた。

全てが正確に連動するその様は、コミクロンに、さきほど見た老人の魔術構成を連想させた。

「歯車」

老人の答えは端的。

そう。それは無数の歯車だった。

コイン大から小指の爪ほどのサイズまで、いくつあるのかもわからないそれらは銀色の歯を噛み合わせながら、休むことなく、ただ、廻《まわ》り続けていた。

もちろん言われるまでもなく、コミクロンも歯車くらいは知っている。水車などにも使われているし、子供の頃は、歯車仕掛けで足が動く馬のおもちゃがお気に入りだった。

とはいえ別に歯車がどうしようもなく大好きだったわけではない。

にもかかわらず今、コミクロンは目の前の連動から目を離すことができなくなっていた。

「うむ。歯車だと答えられればそれは違うとは言えんのだが、俺が聞きたいのはそういうことではなくてだな。歯車で作り上げたこれは何かということなのだ」

「別に」

対する老人の声は無愛想。

戸口の材木——いや、よく見るとコートハンガーだった——にかけられていた白衣を取ると、黒ローブの上から羽織る。

「ただの指先の訓練だ」

老人は作業机と椅子との間に大柄な体を窮屈そうに押し込むと、やりかけだった作業を再開する。

小さな丸い金属板の芯を作業台に固定すると、縁をヤスリで削って溝を刻み、金属板を少し回してまた削る。そんなことを幾度も幾度も繰り返し、最後に形を整えて仕上げ、歯車群の一部に加えるのだろう。

魔術を使う用務員とはいえ、手入れや修理の全てを魔術でまかなえるわけでもない。自分の手や指を使った方が早いことはいくらでもある。日常的な指先の訓練は確かに必要なのかもしれない。

「出来を確かめるために動かしている。それだけだ。意味は無い」

意味は無い、と言われて、しかしコミクロンは歯車の群れに魅入られたまま、

「嘘はいかんな」

作業をしていたキャシィ爺さんの手が止まる。

「何がだ」

「ふっふっふ。いくら誤魔化したところで俺の知性は真理を悟る。隠す必要は無い。ちゃんと意味はある。これは――」

さきほど授かった天啓を、コミクロンは口にした。

「世界だ」

老人が思わず無言で振り向けば、少年は歯車の群れに見入ったまま、

「何かが動けばそれに干渉されて別の何かが動く。さらにその干渉で別の何かが。全てはつながり合い干渉し動き続けている。孤立している物など実は何も無い。この歯車はその象徴！」

自然と声に熱が入る。

「歯車でありながら、もはや歯車を超越した存在！　いわば歯車王――いや、王では足りん。神では不正確……むう。こうなっては仕方ない！　その偉大さを正確に言い表す言葉を人は持たぬゆえ、なんかふわっと偉い感じで歯車様！」

「…………」

キャシィ爺さんはものすごく何か言いたそうな顔をしていたが、とりあえず、ツッコむのをやめた。

それから少年は、時折老人のもとを訪れるようになった。

老人はいつも無愛想で、女子供ごと村を焼き払ったようなまなざしをしていたが、コミクロンに向かって、来るな、と言ったことはなかった。

「それに何の意味が?」

コミクロンが老人にそう聞いたのは、五度目に用務員室を訪れた時のことだった。

老人は歯車作りの手を止めぬまま、

「それ?」

コミクロンの方はといえば、一体何が楽しいのやら、飽きもせず歯車群——いや、歯車様を眺めたままで、

「ああ。その白い上着だ。とてつもなく格好良いので、最初はとてつもなく格好良いから着ているのだと思ったのだが、それなら普段も着るはずだ。なぜならとてつもなく格好良いからな」

修繕や手入れ、庭仕事をする時は《塔》から支給された黒ローブを身につけている老人だったが、用務員室で趣味の歯車作りに没頭する時は、必ずその上から白衣を羽織っていた。

「次に、人目につかない所でとてつもなく格好良い姿になるのが好きだという仮説を立ててみたのだが、だとすると俺の見ている所で白衣を着るはずもない。ではなぜだろうと疑問に感じてな」

「汚れが目立つ」

やはり作業の手は止めず、

「歯車を組む時に塵《ごみ》が噛むと動かん」

たしかに庭仕事をやっていれば、砂粒や枝の切れ端が目立たないまま服につくこともあるだろうし、それらは払い落としたつもりでも部屋の中へと侵入する。

道具を部屋で手入れすれば、やはり大小のゴミは出る。

そんなものが歯車の隙間に噛めば、動かなくなるのは当然。

白衣を羽織れば汚れが目立つ。そうなれば、服に付いた小さなゴミに気づかず歯車に噛ませてしまう、といったことにもなりにくい。

「なるほど」

コミクロンは感嘆の呻きを漏らすと何度も何度もうなずいて、

「全ては歯車様のために、ということだな」

よくわからないコメントに、どう返していいのかわからず——

老人は、結局無視して作業を続けた。


次にコミクロンが用務員の個室を訪れた時、彼はしれっとローブの上に白衣を羽織っていた。

治癒魔術を使うにも、汚れを排除する衛生観念は必要だと考えたのか、老人と同じ格好をしてみたかったのか、とてつもなく格好良いと思ったのか——

あるいはその全部だったのかもしれない。

白衣の理由を老人は聞かず、少年は語らなかったため、本当のところはわからない。


「俺にもできるだろうか」

少年がそう言い出したのは、七度目にキャシィ爺さんの部屋を訪れた時だった。

「何がだ」

歯車作りの手を止めぬまま老人は問う。

「歯車作りだ。見ていると面白そうで」

老人はつくりかけの歯車を、固定用の工具から外すと、新しい金属の円盤を取り出し固定した。

椅子から立ち上がると場所を空け、

「やりかたはわかるか」

コミクロンは一瞬意味がわからず眉をひそめたが、すぐに理解し、

「見ていたからわかっているつもりだが……やっていいのか？」

問われた老人は、奥へ向かいながら、

「茶でも淹《い》れる」

と、ぶっきらぼうに。

——やがて部屋に茶葉の香りが立ちこめる。

老人がポットに茶を用意して戻ってくると、コミクロンはすでに作業に没頭していた。

没頭のあまりか、作業をする手元に少しずつ、どんどん顔が近づいて——

無造作に伸ばした黒髪が、肩口を越えてばさりと顔の横にかかり、我に返った少年は姿勢を正すと、手で髪を後ろに払う。

そのあと作業を再開すれば、没頭のあまり姿勢が少しずつ前のめりになり——

そんなことを四回ほど繰り返した頃。

「髪をなんとかした方が良いな」

少し離れたテーブルそばの木箱に腰を下ろした老人は、さすがに思わずつぶやいた。

コミクロンは老人の方をふり向くと、

「かもな。だがこれは確かに面白い」

老人は、テーブルに置いた飾り気の無いカップにポットから茶を注ぎつつ、

「一休みしてこっちで茶でも飲め。カップをそちらに持って行くと茶に削った粉が入る」

「では、ひと区切りしたらいただこう」

言ってコミクロンはふたたび歯車作りに戻る。

——この日、コミクロンが生まれてはじめて作った歯車は思いの外に出来が良く、老人が少し仕上げをしただけで、歯車群の一隅に加えられることになった。

次に用務員の個室を訪れた時、コミクロンは無造作に伸ばした長い黒髪を三つ編みにしていた。

この時はじめて彼は、老人の眉が大きく動くのを見た。

してやったりと笑みを浮かべて、三つ編みにした髪をはね上げると、

「髪を手早く正確に編むというのも指先の訓練には悪くないからな」

老人に聞かれもしないのに、コミクロンは得意げにそう言っていた。

「まあここだけの話だが、誰かが傷を負うのは全くもって我慢できん」

コミクロンがそう言ったのは、何度目に老人のもとを訪れた時のことだったか。

それは《塔》において、教師の前でも他の生徒の前でも、なかなか口にはできない内容だった。

言ったなら、弱気、甘いとの陰口が瞬時に蔓延《まんえん》するだろう。

魔術士の人生には、何かにつけて荒事がからんでくる確率が高い。

普通の人間が持たない力を持っていれば、当人が、あるいはまわりの誰かが、それを活用――あるいは利用しようとする事態は必ず起きる。

《塔》の生徒が日常的に戦闘訓練を受けるのも、荒事の処理に当たらされることが多いのも、いつか来るであろうそういった事態に対応できる力を身につけるため――というのが大義名分。

もちろん内外の実情はそう単純ではないのだが、何にしても、降りかかる火の粉を払うだけの力は必要だ。

誰かが傷つくのを厭《いと》う優しさは美徳だが、こと命を懸けた戦いの中においては時にそれが迷いとなり枷《かせ》となる。

ゆえに《塔》ではこう教わる。

割り切れ、と。

コミクロンもその方針に異を唱えるつもりはないが、感覚というものはままならない。頭ではわかっていても、誰かが傷つくのはやはり嫌なのだ。

そんな彼だからこそ、治癒魔術には長《た》けているのかもしれないが、一方でそんな彼だからこそ、生徒同士の戦闘訓練で、わずかなためらいが生まれて後れを取ることも多い。

いつものように歯車様に魅入られたまま、ぽつりとこぼしたコミクロンに、老人は、新たな歯車を作る手を休めず、

「なら治せば良い」

「治した」

コミクロンは即答する。

「だが治せない者もいた」

「……そうか」

歯車は廻る。

「誰も傷つかぬ方法でもあれば問題ないのだがな」

コミクロンのつぶやきに、

「人は争う」

老人もつぶやき返した。

突き放した答えだが、それを少年は否定しない。

「うむ。人間はもちろん動物も、生きていれば普通に争う。争いがあれば誰かが傷つく。平和に見えるなら、それは互いに傷つくのを恐れて争いを一時止めているだけか、大勢のかわりに一部の誰かがひっそりと争って……いるか……」

コミクロンの声が先細る。

何かが。

コミクロンの脳裏にひっかかった。

――かわりに――争う――

目の前で廻り続ける無数の歯車。

子供の頃にお気に入りだった、歯車仕掛けで足が動く馬のおもちゃ。

「歯車様か！」

突如上げた大声に、老人の肩が、びくんっ！　と揺れた。

コミクロンはそれには気づかず、昂《たか》ぶった口ぶりで、

「そうか！　歯車様か！」

「……何が……？」

若干おびえながら聞く老人の方を、コミクロンは振り向きもせずに、

「人と人とが争うから人が傷つくのであって、かわりに別の何か同士が争うのであれば人は傷つかない！　単純だが真理だ！」

「別の……犬とかか？」

コミクロンは左右に首を振り、

「犬は可哀想《かわいそう》だし動物愛護団体がこちらの人権を無視して抗議活動という名のテロをして来るので勘弁してもらいたい！」

自らの思いつきにきらめく目で老人の方を向き、

「歯車様だ！」

片手を大きく振りかぶり、紹介するかのように壁の歯車群を指す。

「生き物ではなく、歯車仕掛けのからくりだ！　歯車仕掛けで動く動物や人形の玩具《おもちゃ》があるが、あれのより強力で強大なものを作り上げて戦い合わせる！　これならば人と人とが争う必要も傷つくこともない！」

荒唐無稽な発言に、さすがに老人は戸惑って、

「簡単に言うが――」

「うむ！　わかっているぞ！　簡単に言ったが簡単ではない！　人間が戦った方が強いなら誰も歯車からくり人形を使って戦おうとは思わんだろう！　つまり！　歯車からくり人形は人より強い必要があるわけだ！」

しゃべりながら考えをまとめるタイプなのか、コミクロンは滔々《とうとう》と、

「無論俺も、今日思いついたそんなものを明日作って完成に至るとは思っていない！　幾度とない試行錯誤と実験と長い年月が必要だろう！　だが！」

コミクロンは大きな動作でふりむいた。一見、芝居がかった無意味な動きだが、もしも壁や天井がなかったら、その視線は、ある生徒の部屋に行き当たるはずだった。

「幸いその試行錯誤と切磋琢磨《せっさたくま》に喜んで協力してくれそうな奴《やつ》に心当たりがある！　まだ十四だが並はずれた戦いのセンスを持ち、これから成長するにつれ、ますます強くなるだろう！」

ふたたび歯車様に向きなおり、

「もし改良を重ねた歯車からくり人形が、それほどの魔術士を圧倒できたとするならば！　その時こそ、科学が生命を凌駕《りょうが》し、人間同士の争いに終止符を打つ日になるだろう！　あと言っていて気がついたのは、歯車からくり人形という呼び名が長くてあまり格好良くな

いということだがっ！　歯車様の名は唯一無二ゆえ使えないので、この発想をもたらしてくれた日頃のご愛顧と感謝を込めて、キャシィ様と呼――」

「それはやめろ」

即座に止めた老人の、瞳に宿る鬼気に圧《お》されて、コミクロンは刹那凍り付いたが、すぐさま気をとりなおすと、

「うむ。謙虚さゆえに同意が得られないなら仕方あるまい。ならば、人の戦闘力を超えた者――いや、超人との呼び名は一般的過ぎるか。ならば人の造った人を超える人、人造人超人？　うむややこしい。人造人間とか」

「ああ。いいな人造人間」

キャシィ様でなければなんでも良い、と老人はなげやりに同意する。しかしコミクロンはそれを素直に賛辞と取ってか、目を輝かせて、

「なら決まりだ！　幸いここには道具があり場所がある！　人造人間の秘密製作所としてこれほど最適な場所が他にあろうか！　いや無い！」

「……え……？　ここで……？」

老人の言葉からあからさまににじみ出す嫌悪に、しかし高揚したコミクロンは気づきもせずに、

「歯車様の庇護《ひご》の下、人を超える人が生み出される！　まさしくここが歴史的場所となるのだ！」
両手をひろげ天を仰ぎ――もちろん見えるのは天井だが――高らかに宣言するのだった。

この後――

設計から組み立てまで半年以上の時間を要し、製作途中でキャシィ爺さんのベッドをうっかり部品として組み込んで、組み立て終盤は老人の視線が露骨に殺気を孕《はら》んで怖かったものの、ついに人造人間一号機『アンドロ君』が完成。

直後、寸法的にドアから出ないと判明し、分解と再組み立ての結果、なんとかベッドは無罪放免の運びとなった。

それらのデータをフィードバックした結果、二号機以降は必要な部品だけを集めてグラウンドで組み立てるという、製作プロセスでの飛躍的な進歩を遂げる。

そんな紆余《うよ》曲折《きょくせつ》もありながら、コミクロンが造り出した人造人間たちと、目を付けられた運の悪い生徒との戦いは、長きに亘《わた》り、《塔》の風物詩、名物見世物となる――


――雨が降っている――

いや。違う。

夜も近い曇天の夕刻、憂鬱な薄闇ではあるものの、実際のところ今は雨など降ってはいない。

コミクロンの感情が、現実に陰鬱で重い記憶のフィルターをかけ、そんな錯覚を起こしそうになっているのだ。

《塔》の生徒が厄介事の解決に引っ張り出されるのは珍しくない。

厄介事が常に荒事とは限らないが、そうであることの方が多い。

ことを片付けて全員無事に戻って来られるようにメンバーが選ばれて編成されているが、不測の事態は常にありうる。

この日がそうだった。

決して難しくはない――どころか、むしろ楽勝と言ってもいいような一件。

実際に順調で、思ったよりも順調すぎて――それが、油断を生んだ。

今。

同行した一人はかすり傷とは呼べない傷を負い、草むらに横たわると細い息をかろうじて繋いでいた。大きな油断が、考えられない結果を生んだのだ。

それは、いつかと同じ光景。

嫌でもあの時の結末がコミクロンの脳裏に浮かぶ。

――お前では死の影が伸ばす手は払えない――

耳もとで誰かの声が聞こえた気がした。声は自分のそれと似ていた。

だが。

同じ結末にはさせない。

コミクロンは自分の心を奮い立たせる。

キャシィ爺さんの魔術構成を、歯車様を見て、自分の術の構成を見直した。

世界。歯車様。そう、全ては繋がっている。人の体もまた同じ。

前までの自分は、腕が傷ついていれば腕だけを治そうとしていた。さしたる傷でないならば、それでも問題はなかったのだが。

筋肉は骨と骨につながり血液で潤い、血液は体中を巡る。繋がりあっていないものなどなかったのだ。

傷に多少なりとも関係する全部に魔術で干渉することは不可能だ。あまりにも多岐にわたりすぎる。だが複数をフォローすることは可能。重要なのは魔術構成個々の機構《システム》ではなく構成同士の相互連携《コンビネーション》。

患者が受けたダメージを想定。手当てが必要な複数部位をイメージし、治療の重要度と優先順位を決定。それぞれに応じた従来の治癒魔術構成を複数展開、連携させる。

言うは易《やす》しだが、もちろん実行は簡単では無い。

だが——

ずっとずっと眺め続けた歯車様のイメージは、脳裏に完全に焼き付いていた。

——システム103をベースに展開し、システム228を連動、システム063を小規模展開し双方に連動させる——

従来彼が使い慣れていた術式を円形に展開。それぞれの外周に歯車のイメージを付与し、術式同士が半自動で連動するイメージを組み立てた。

「コンビネーション1—9—5！」

展開された魔術構成は、はたからは、立体的に噛み合い廻る歯車に似て見えたかもしれない。

理論や構成に問題ないはず。しかし実際に使うのはこれが初めて。

一つの術が発動し、その効果を確かめると、コミクロンは次の構成を編み上げる。効果を確かめるとさらに次の術を展開する。使える限りの治癒魔術を次々と組み合わせて編み続け、同行者の息は少しずつ——

……ふ……

コミクロンが小さく息をついたのは、あたりが本格的に暗くなりはじめた頃のことだった。そばで横たわった同行者の、規則正しい呼吸が聞こえる。

「ふむ」

コミクロンは同行者に目をやると、

「達人を殺すのは別の達人ではなく油断だ。あと高齢化とか。食中毒もまずいな。今考えた格言だが。しかし！」

やにわにその場に立ち上がり、

「歯車様の加護を得た俺ならば死の運命すら覆すこともできる！　一日三回朝昼晩と土下座で感謝していいのだぞアザリー！　もっとも、今は聞こえていないだろうし、聞こえていたら怖くてこんなことは言えるわけがないのだが！」

眠る同行者に語りかけて顔を上げる。

空を覆っていた雲は割れ、昇りはじめた十六夜《いざよい》の月が覗く。

いつの間にか。

雨は止《や》んでいた。

――いや。もともと降っていなかったのだ。そんなものは。

心象が生み出す偽物の雨は、もはやコミクロンの中には無い。

歯車は廻る。

コイン大の歯車を一つ、完成させると、老人は壁の歯車群の端にそれを組み込んだ。無目的に動く歯車の群れは、いまや小さなドアほどのサイズにまでひろがっていた。

――そういえば――

全く何の脈絡も無く、老人はふと思い出す。

一時期、やたらと老人の所に遊びに来ていた一人の生徒のことを。

あれはもう、何年前のことだったたか。

何が面白くて、自分の所などに来ていたのだろう。

人付き合いの苦手な老人は、たいしてかまいもしなかったし、それほど多く話をした覚えもない。

印象に残る、変わった生徒ではあった。

壁の歯車群にはいたく興味を示して歯車様などと呼び、何かを一人で勝手に納得し、この部屋の道具を使って、人造人間と称するからくり人形を作り続けていた。

ある時期からぴたりと来なくなったが、果たしてどうしているのやら。

ここでは、生徒が突然いなくなるのも珍しくない。どこかの組織へ突然の異動。長期の任務。不幸な事故。

消息を誰かに聞いても大抵答えは返ってこない。言えないのか、本当に知らないのかはわからないが。だから聞かない。

元気でやっていればいいのだが。

老人にできるのは、胸の内でそうひっそりと祈ることだけ。

老人はふと椅子の向きを変え、歯車群に向きなおる。

その中に、少年が作った歯車も組み込んだのだが、もはやどれがそうだったのか、わからなくなってしまっている。

老人はしばし歯車群を見つめる。

少年はこれを世界だと言ったが――

…………

やがて老人は小さくかぶりを振ると、椅子の向きを元へと戻し、歯車作りの作業を再開した。

壁の歯車は廻り続ける。

プチがき（プチあとがき）

オーフェンアンソロジーの執筆依頼――

それが来た時、正直迷いました。

作者の秋田さんとは電話でしょっちゅう馬鹿話をする身。

なおかつ某社の、スレ○ヤーズｖｓオーフェンで共作したこともありましたが、あれはチャットで互いのキャラクターのセリフや行動を書いて、あとで区切りごとに互いがまとめるという手法でした。

けれどもアンソロジーとなると、ひとさまの描いたキャラクターをゼロの状態から動かすことになるのです。

キャラのことのみならず、あの独特な世界観や魔術設定を、果たして上手く扱うことができるのか、という問題もありました。

とはいえ秋田さんから電話で直接「気にせず書きましょう。もしくは死」と言われては、書かないわけにはいきません。

このような経緯から鑑みて、長編一巻でアレするコミクロンをスピンオフのメインキャ

ラとしてチョイスしたのは、もはや時代の必然と言っても過言ではないでしょう。（全力敵前逃亡）

しかしこのコミクロン、聞くところによると結構人気があるらしく、他の作家さんがお書きになって、そちらと矛盾する可能性も。

とゆーわけで一応念のため注釈を。

＊作中のコミクロンおよび諸々のキャラクターは著者の妄想です。実際の人物設定などとは異なる場合があります。

……つーか実は秋田さん当人から、コミクロンに対するイメージをふんわりと聞いてたりするのですが、本作は「それはさておき」の精神で描かれています。

おそらく読んでいただいた方々（秋田さんご当人および編集担当さん含む）の中には、「○○がこんな××なわけはない」といったご意見もあるかとは思いますが、笑って流していただければ幸いです。

神坂一

ゴースト処理の専門技能

河野裕
Yutaka Kono

赤。血の赤。闇の赤。

いや、闇は赤とは限らない。なんであれ隙間なく塗りつぶせばそれは闇だろう。青い闇、白い闇、もちろん黒い闇。それに色のない闇。

未《いま》だ家名を持たないハーティアは、足を組んでグラスを傾けていた。中はこの手の少し気取った、だがドレスコードを気にするほどでもない酒場でよくみかけるようになった、西方産の安い赤ワインだ。

「トトカンタには、なんでもあるな」

ボトルを手に取ってそう言ったのは、ハーティアの向かいに座った男だった。

コミクロン。彼はハーティアよりふたつ上だから、二二歳になるはずだが、正面から向き合うともう少し幼くみえる。顔の両側に垂れた二本のおさげ髪が、彼の動きに合わせてふらふらと揺れていた。

——なんでもってことはないさ。

内心で首を振りながら、だがハーティアはにこやかに頷く。

「そう、なんでもある。ここじゃ牙の塔もスクールも、同じ魔術士同盟として混じり合っている」

実際、商業の中心地トトカンタには、実に様々なものが集まる。酒、料理、演劇、絵画、商人と犯罪者と、それから天才。その中でもっとも文化的ではないものが天才だろう。

コミクロンはワインボトルをテーブルに戻し、スプーンを手に取った。それで、皿の中身——豚のモツ肉と大豆と数種類の野菜をトマトソースで煮込んだもの——をかき混ぜ、こちらを見もせずに言う。

「キリランシェロに会ったんだって？」

「ああ。元気そうにしていたよ」

「十五歳で塔を飛び出した少年が、そのまま五年間生き延びられる確率ってのは、どれくらいのものなんだろうな」

「さあね。そう低くもないだろ。彼は戦闘のスペシャリストだよ」

「でも不運だ」

「そうかな」

「そりゃそうだろ。でなきゃこんな時に、この街に現れない」

興味もなさそうに話しながら、コミクロンは皿の中身を選《よ》り分けていた。肉は肉に、豆は豆に。だがその作業にもすぐに飽きたのだろう、彼はまだ選別が終わっていない一角をすくいあげて口に運ぶ。

コミクロンの様子をなんとなく眺めながら、ハーティアは答えた。

「彼は二年も前から、トトカンタにいたみたいだよ」

「へえ。お前は気づかなかったのか？」

「偽名を使っていた。そっちの名前で、噂は耳にしていたんだけどね。彼だとは思わなかったな」

これは、嘘だ。

ハーティアはその偽名を知っていた。もちろんキリランシェロを連想したが、確認はしなかった。

だがコミクロンの方は、その嘘には気づかなかったようだ。

「仕方ないさ。五年も経てば、ずいぶん変わるだろ。あのハーティアにさえ部下ができるくらいだ」

「君だって。部下がいるんだろ？」

「ああ。なかなか人造腕への付け替え手術に同意してくれない」

その言葉が冗談なのか、本気で言っているのか、ハーティアには区別がつかなかった。

五年前のコミクロンであればもちろん本気だっただろうが、今はもうわからない。彼の言う通り、互いに変わったということだろう。

どこかすねたような顔つきのコミクロンに、ハーティアは尋ねる。

「先生は、なんて？」

「なにが？」

「キリランシェロのことだよ。作戦に組み込むのか？」

「使えるものは使うさ。お前も先生に会ったんだろ？」

「もちろん。夕食にも誘ったよ。断られたけどね。でも——」

胸の中で言葉を選び——実際には、選びようのないことを再確認して——ハーティアは続ける。

「先生にとっても、あのふたりは特別だったんだろうと思うよ」

「ふたり」

「キリランシェロ。それからアザリー。わかるだろ？　いつになく悲しそうだった」

「そうか？」

「たぶんね。顔には出さないけれど、やっぱり内心じゃ——」

コミクロンは、ちらりと皿から視線だけを上げる。

「違う」

「そりゃ、先生にだって感情はあるだろ。そうじゃなくて、チャイルドマン教室の中であのふたりを特別扱いしたがっていたのは、周りの方だって話だよ。長老部や教師連中や君や俺だ。先生だけはそうじゃなかった」

ハーティアは胸の中で嘆息する。

――ああ。もちろん、その通りだよ。

チャイルドマンの教育になにかしらのこだわりがあったとするなら、それは組織を作ろうとしたことだろう。つまり、組織として動ける人間を。

集団戦闘に特化した魔術士を育成していた、という意味ではない。傍目《はため》にはむしろ反対にみえたのではないだろうか。だがチャイルドマンの考える組織というのは、そういうものだった。数の問題ではなくて、ふたりきりであれ、あるいはたったひとりであれ、役割に従って行動を選び続けられたならそれは組織だ。

そう、役割。役割を理解していること。自覚的であること。彼は何気なく踏み出す足の一歩、ほんのわずかな一呼吸にまでそれを求めた。反対に言うなら、決して役割に順列をつけなかった。七人の生徒たちにそれぞれ与えた、すべての役割にだって。

コミクロンはまた視線を皿に戻す。

「なのに先生は、今回の件を、みんなひとりで片づけようとしているみたいだ」

これも彼の元で学んでいなければ、わかりづらい感覚かもしれない。

今回のチャイルドマンは、いつになく牙の塔の力に頼っているようにみえる。部隊と呼べる数の魔術士を率い、コミクロンを呼び戻し、すでに実質的には牙の塔を離れているハーティアにまで協力を要請してきたのだから。

――でもチャイルドマンは、ぼくたちに役割を与えていない。

自分で考えろということだろうか。まだ、彼の教育は続いているのだろうか。違うのだという気がする。コミクロンの言う通り、チャイルドマンはすべてを自分で背負《せお》い込もうとしている。役割を与えるというのは、権限と責任を分割するという意味だ。

ハーティアはため息を誤魔化さなかった。

「だから、つまり、先生が悲しそうだって話だろ」

そして、やっぱり、あのふたりは先生にとって特別だということだ。いつから特別なのかはわからないが、少なくとも今は。

コミクロンは先ほど選りわけた中の、大豆ばかりの一山をスプーンですくった。それを口に含む直前に、寂し気な声で「なるほどね」と呟いた。


アザリーが死んだのは、五年前のことだ。

当時、彼女が研究していた魔術――天人種族の遺産と沈黙魔術に関する研究――の制御に失敗し、二十歳であっけなくその生涯を終えた。少なくとも牙の塔の執行部は、そんな風に説明した。

だがその説明には、いくつかの嘘があった。

彼女は姿を魔物に変え、塔から逃げ出していたのだ。

キリランシェロは不運なことに――というなら、トトカンタに逗留《とうりゅう》していたことよりもこちらだろう――その現場を目撃していた。だから彼も塔を飛び出すことになった。天才二人を失ったこの事件は、塔にとっても、チャイルドマン教室にとっても痛手だった。

最高執行部は表向きにはアザリーの件を事故死として処理し、裏ではチャイルドマンに彼女の殺害を命じた。それから先のことは、ハーティアにはわからない。だがチャイルドマンが塔の決定に異議を唱えるとも思えなかったし、彼が殺そうとして殺せない存在なんてものも想像がつかない。

アザリーは死んだ。そう考えるしかなかった。だが、彼女がまだ生きていることを、数日前に知った。チャイルドマンから連絡があり、直接顔を合わせて告げられた。

彼女のことを知っても、特別な感慨があったわけではない。

ただ、ため息が漏れるだけだ。

――ほら。やっぱり。

あのアザリーの死に様が、「あっけない」ものであるはずがないじゃないか。

ともかくチャイルドマンは、五年前から続く彼女の死を終わらせるためにトトカンタに現れ、躊躇《ためら》いなくハーティアを巻き込みながら、なのになんの役割も与えようとはしていない。


ハーティアが勤めるトトカンタ市の大陸魔術士同盟支部にコミクロンが姿を現したのは、本日の夕刻のことだった。それで、なんとなく、夕食でもということになった。

久しぶりの旧友との食事だが、あまり食は進まなかった。昼食は軽くサンドウィッチで済ませたから空腹ではあるはずだが、上手く食欲に結びつかない。

会話にしても同じことだ。こんな状況で、コミクロンと再会したのだから、もちろんいくらでも話題はあるだろう。だがどれも実際に言葉にするには馬鹿げていて、食う代わりに、喋《しゃべ》る代わりに、ハーティアは足を組んで赤ワインを傾けていた。

粗方食事を終えたコミクロンは、頬杖《ほおづえ》をついて、またテーブルのワインボトルに視線を向ける。ボトルには黒猫のイラストのラベルが張り付いている。

赤、猫、コミクロン。

その三つが揃《そろ》ったなら、記憶は自然と三年前に繋がる。

そして意外なことに、コミクロンの方も同じ記憶を呼び起こしていたようだ。

「けっきょく、赤い闇ってのはなんだったんだろうな」

と、彼が言った。

◆◇◆◇◆

赤。血の赤。

およそ三年前——アザリーが、少なくとも塔の公式見解の中では死に、キリランシェロが独り旅立ったおよそ一年と十か月後、ハーティアはその赤の中にいた。

目の前に少年が立ち、こちらを睨《にら》んでいる。

「——は、——の、——だ」

言葉を上手く聞き取れない。

彼は、いつの彼だろう？　外見は十二歳ほどにみえる。まだ筋肉が発達する前の彼は、その辺りに転がっている小枝のように弱々しい。身体にぴったりと張りつく牙の塔の戦闘服が細い体躯《たいく》を際立たせていた。

「落ち着いて」

彼に、というよりは自分自身に言い聞かせるように、ハーティアは語り掛ける。

「得意だろう？　心を静めるのは。魔術と同じように、心を制御するんだ」

言葉は彼に届いていない。そんなことはわかっている。すべては独り言だ。だが、この独り言を上手く制御できたなら、対話と同じ意味になる。

ハーティアは続ける。

「それから当たり前に知っていることを、ひとつずつ確認していこう。ほら、君の名前はなんだい？」

「僕は――」

と、たしかに、彼は言った。

意味を持つ三つの音の連なりを聞き取れたのは初めてだった。

だがそこが限界だったようで、彼はハーティアを睨みつけて足を踏み出す。

速い。鋭い。十二歳にしては。

ハーティアはふっと息を吐き出して――それはもちろんため息だった――手にしていたナイフを差し出す。こちらの力というよりは、彼自身の踏み込みの鋭さで、ナイフが喉を裂いて血が噴き出る。

血はハーティアを汚しはしなかった。間もなく宙で、跡形もなく消えた。

だが記憶にはこびりつく。赤。血の赤。自分が死ぬことに驚く彼の顔。

ハーティアは綺麗なままのナイフを軽く振り、鞘に戻した。

アレンハタム市から北東の方向に延びる、同じ景色ばかりが続く安眠装置のような田舎《いなか》道を八十キロほど進むと、オールド・ディムという名の村がある。

人口が四百人に満たない小さな村だ。村人のおよそ半分は農作物を栽培していて、もう半分は鶏と羊を育てている。その「およそ」から漏れた数人が、村にそれぞれ一軒ずつの酒場と雑貨屋を経営している。村を歩いてみると、若者は少ないが子供の姿はよく目につ
いた。つまりひと家庭あたりの子供の数は多いが、その子たちがある程度の歳《とし》まで育つと、高い割合で村を出ていくということなのだろう。

このオールド・ディムで「神隠し」が起こり始めたのは、三か月ほど前のことだ。村の子供数人が姿を消し、半分が死体でみつかった。まだ生死が明らかではない行方《ゆくえ》不明者を捜して近くの森が探索され、その探索に加わった数人がさらに消えた。

牙の塔はこの事件に興味を持ったようだ。

アレンハタム市はもちろんドラゴン信仰者たちの聖地だし、オールド・ディムの森はそのままフェンリルの森に繋がる。というか、一般的な地図ではフェンリルの森の一部として記載されている。

◆◇◆◇◆

だが調査の結果、今回の事件にはドラゴン信仰も、フェンリル——ディープドラゴンも関わっていないだろうと結論が出された。

事件を割り振られたチャイルドマンが担当者として選んだのは、ハーティアだった。

——シンプルなネットワークの局地的暴走だ。収めろ。

とチャイルドマンは言った。

ネットワークにしろ、その局地的な暴走——いわゆるゴースト現象にしろ、頭に「シンプルな」とつくような代物ではあり得ない、というのがハーティアの見解だ。

だがチャイルドマンがシンプルだというなら、やはりシンプルなのだろう。彼が断言したことに間違いはない。

もしも今回の件で、彼になんらかの落ち度があったとするなら、それは「収めろ」の頭に「速やかに」という言葉を補わなかったことくらいだ。

ハーティアがオールド・ディムを訪れたのは、ひと月も前のことだった。

元々の予定では、この村に留まるのは最長で二週間とされていた。だがハーティアは繰り返し延長を申告し、それはとりあえず受理されている。

ハーティアは胸の内で自嘲する。

——さて、どこまで引っ張れるかな？

言い方を変えるなら、牙の塔がどこまでハーティアの自由を許すのか、ということだ。その期間が長ければ長いほど、塔からハーティアへの期待が薄いということだろう。

さすがにそろそろ呼び戻されるかなと考えながら、ハーティアは三度目の延長を申請した。

その申請は受け入れられたが、返信には、余計なものがついてきた。


当時、オールド・ディムでハーティアが生活していたのは、村の外れからさらに一キロほど森に入った先にある古い山小屋だった。

理由はいくつかある。村には宿がなかったこと。ゴースト現象は、その森の中で起こっていたこと。それにやはり魔術士は、あまり歓迎されていないようだということ。

村人たちはハーティアに対して敵対的ではなかったが、それは信頼を得ているというより、ただ怯《おび》えられているといった様子だった。まあ、アレンハタム市にほど近く、経済のすべてをあの街への農作物の出荷に頼っている村なのだから、当然ではある。アレンハタムは根強く魔術士を嫌っている。

すれ違いざまに挨拶をしても、手紙のやり取りや買い出しのために雑貨屋を訪ねても、引きつった愛想笑いを浮かべられるばかりで村人たちが心を開く様子はない。ハーティアの方も、彼らとの信頼関係を築くのは早々に諦めた。

ある昼下がり、ハーティアは膝の上に灰色のやせ細った猫を乗せ、古い詩集を読んでいた。村の雑貨屋にあったほんの数冊の書籍からそれを選んだのは、静かな森の小屋で読むものといえば詩集だろうという気がしたからだ。別段酷評するような内容でもなかったが、慣れない種類の読書だからか、妙に眠気を誘われる。とはいえそのまま眠り込んでも問題はない。あくびに合わせてページをめくっていたとき、扉がノックされた。

小屋の扉がノックされた経験は、ここで暮らし始めてから一度もなかった。灰猫が驚いたように顔を持ち上げて、すぐにどこかへ消える。

ハーティアは傷だらけの丸テーブルの上に詩集を伏せ、硬い木製の椅子から立ち上がった。そのころにもう一度、扉が叩かれた。

扉の向こうに想像もつかないまま、慣れ親しんだ作り笑いでドアノブを捻《ひね》ると、そこには仏頂面のコミクロンが立っていた。

「こんなところで、なにをしてるんだよ？」

と彼は言った。

コミクロンの来訪は、考えてみれば自然ではあった。

さすがにそろそろ塔も痺《しび》れを切らせるころだ。人を寄越《よこ》すのは不思議ではない。この件の責任者はチャイルドマンだから、彼の教室の人間が選ばれるのも成り行き通りだ。

そうなるとあとは消去法だが、フォルテはこんなことに使えない。アザリーが死に、キリランシェロが塔を出て以降、彼がひとりでチャイルドマン教室を支えているようなものだから。

レティシャは未だ気落ちしている——きっと彼女はいつまでも気を落とし続けたままなのだろう——が、それでも純粋に魔術士としての力量であればチャイルドマン教室の筆頭だ。彼女が抜ければフォルテもバランスを崩す。あのふたりは誰がどうみても相性が悪いが、互いに異なる能力を必要としているという意味では、良いコンビではあるのだろう。

コルゴンはそこに居さえすれば便利に使えるが、相変わらずどこかを放浪している。余るのはコミクロンしかいない。

それだけの単純な思考に、ずいぶん時間がかかったように思う。

ハーティアはようやく口を開く。

「ああ。コミクロンか」

なんとも間が抜けた台詞ではある。

コミクロンはこちらの顔を睨むように見上げる。

「なんだ、寝ぼけてるのか？」

「スローライフって奴に浸ってたんだよ」

「天才にも凡人にも時間は平等に流れるってのは不平等な話だよな。もちろん俺とお前のことだが」

「どうかな。時間の流れ方が違うのが、つまり天才なんじゃないかって気もするけど」

「なるほど。一理あるな。ところで俺は今十九歳と三か月だが、お前はいくつになる？」

「そういう話じゃないよ」

ともかくハーティアは、コミクロンを室内に招き入れた。

「コーヒーでも飲むかい？」

「いや、いい。それよりレモンはないか？　五百個ほど欲しいんだが」

「ない。五百？」

「これは世紀の大発見なんだが、半分に切ったレモンに銅板と亜鉛板を刺すと電力が生まれる。自作のモーターに繋げば十グラムまでの物質を運ぶ動力源になることが研究により判明した。俺の世紀の大発明であるところのレトロポゾン君は九千七百グラム程だから、レモン半分の千倍を直列に繋げば動力を電気化できるというわけなのだよ」

なるほど。世紀の、が重複している。

彼は二世紀分も科学を飛躍させようとしているようだ。

「ちなみにレモンってどれくらいの重さなの？」

「さあな。だいたいひとつ百グラムってとこじゃないか？」

「ならそいつを五百個積めば、君のレトロポゾン君はもう五十キロほど重くなるね」

「なるほど、レモンの数を再考する必要があるな」

コミクロンは身を投げ出すように、木製の椅子に座る。ハーティアはかまどの中に残されていた、半分が炭になった薪《まき》に魔術で火を灯《とも》し、水を入れた片手鍋を載せる。コミクロンのために、というよりは、ハーティア自身の眠気を取り払うためにコーヒーを求めていた。

背後から、コミクロンが言った。

「ここは？」

「見たまんまだよ。うち捨てられた小屋を掃除して使ってる」

「ずいぶん前時代的だな」

「ほんの十年くらい前まで、偏屈なきこりが娘さんと一緒に暮らしていたらしいよ。とはいえ、この辺りじゃどこも同じようなものでしょ」

答えながら、ハーティアは取っ手のついたネルにコーヒーの粉末を目分量で放り込み、少し傾いた戸棚からマグカップを取り出した。

コミクロンが、とくに楽しくもなさそうに話を続ける。

「こんなところで独りきり、なにをしてるんだよ？」

「ひとりじゃない。猫がいる」

「猫？」

「可愛い奴だよ。でも、君がきて驚いたみたいだ」

マグカップの上にネルを掲げ、湯を注ぐ。湯気を立てるカップを手にとり、息を吹きかけてすすった。

「自分で飲むのかよ」

「マグカップがひとつしかなかったんだよ」

「ん？　きこりと娘が暮らしてたんだろ？」

「十年間放置された食器を使いたいか？」

「洗えば同じだろ」

「ぼくは嫌だよ。ぜったいなんかこびりついてる」

それ以前の根本的な問題として、この山小屋に食器の類は残されていなかった。

ハーティアは自分のマグカップを手に、コミクロンの向かいに座る。彼は足元に下ろしたリュックに手を突っ込み、一通の白い封筒を取り出した。本題に入った、ということなのだろう。

「最高執行部からだ」

とコミクロンは、聞くまでもないことを言った。

ハーティアは封筒を受け取り、中身を取り出して文面を視線で撫でる。調査延長の申請の返事だ。一応は今回も許可されたようだ。

ハーティアは下ろしたばかりの腰を、また持ち上げる。

「すぐに返事を書くよ」

「報告すべき調査結果があるのか？」

「いや。次の延長を申請する。君に持って帰ってもらった方が手っ取り早いだろ」

正確には、次の次の申請だ。今回の調査は延長の申請が一週間ごとに必要だが、郵便物がタフレムとの往復に八日ほどかかるため、返信を待ってから次の申請を書いたのでは間に合わないという構造的な欠陥を持つ。

「ちゃんと読めよ」

「どうせいつも通りの小言だろ？」

「最後の一行」

仕方なくハーティアは、言われた通り、手紙の末尾で目を留める。

――調査の遅れが甚だしいため、人員を増員するものとする。

ハーティアはじっとコミクロンの顔をみる。

彼は不機嫌そうにテーブルで頬杖をつき、もう片方の手で伸びかけのおさげ髪を弄んでいた。

「同じ調査員として、三つ質問がある。ベッドはふたつあるんだろうな？　風呂にシャンプーとリンスは用意されているか？　オーレリアの呪いとはなんだ？　この三つだ」

どうやらそろそろ、潮時らしい。

ハーティアはけっきょく、再び硬い椅子に腰を下ろした。


オーレリアの呪い、という言葉自体は、ハーティアが最初の報告書に書いたものだ。元々はそれを村人のひとりが口走ったわけだが、今となってはどうでもいい言葉だし、当時もさほど重要だとは考えていなかった。

ゴースト現象、というかネットワークに関係する報告書には注意が必要だ。それは塔の中でも多くの人間に秘匿されている情報だから。基本的には、チャイルドマンと最高執行部の連中しか読まないものだが、簡単には書面に残せない。だが外の目を意識した書き方をすると、どうしても安っぽいホラー小説のような文章になる。ハーティアは馬鹿正直に真実を並べて最高執行部に顔をしかめられるよりは、真摯《しんし》にホラー小説を書き綴《つづ》ろうと決めている。

コーヒーをすすりながら、ハーティアはもっとも基本的な質問を口にした。

「コミクロン。君はゴーストのことをどこまで知ってる?」

彼は、はっと鼻で笑う。

「愚問だな。科学を信奉する者の目に幽霊は映らない。だいたいはプラズマか遠近法かシミュラクラ現象が原因だ」

「幽霊じゃない。ゴーストだ。チャイルドマン・ネットワークって言葉に聞き覚えは?」

「ああ、なんかあったな」

彼は意外にさらりと答える。

「時間という概念の錯誤を局地的に取り除くことで現出する魔術とは正反対の秩序、だったか?」

「それ、誰の言葉だよ?」

チャイルドマンの説明とは少し違う。

「コルゴンだよ。あいつと実に科学的な、美味《うま》いパンケーキの焼き方を議論してて――」

その話題が、どうしてネットワークに繋がるのかもわからなかったが。

コミクロンは軽く首を傾《かし》げてみせた。

「要するにオカルトだろ？　やつらはすぐに自分たちが正常だと言いたがる」

「ああその通りだよ」

少なくともこのやり取りで、チャイルドマンの意図は汲《く》めた。彼はコミクロンにゴーストの説明をしていない。

ならやはり、ハーティアにひとりでやれと言いたいのだろう。大方、塔の最高執行部に急《せ》かされて、仕方なくまだしも情報が漏れてもかまわないひとりを寄越してきた。だがコミクロンが深くネットワークを理解するところまでは望んでいない。

コミクロンは、いつまで経っても自分のぶんのコーヒーは出てこないと悟ったのだろう、リュックから水筒を取り出した。だがテーブルにおいただけで、口をつけはしなかった。

「つまりお前は、こんなところでひと月以上もオカルトの研究をしてたのか？」

「しばらくのんびり暮らしたかったんだよ。別に急がなきゃいけない理由もないだろ」

「悠長な事を言ってる場合かよ。このままじゃチャイルドマン教室は解体されるぞ」

へぇ、とハーティアは、思わず本音の息を漏らす。

「知らなかったよ。君も教室の名前にこだわっていたんだな」

塔では教室内の仲間意識が強い。長い時間を共に過ごし、文字通り命懸けで魔術を学んでいるのだから当然だともいえる。その中でチャイルドマン教室はやや例外的だった。仲が悪いわけではないが、過剰に教室内で繋がる文化を冷笑しているところがあった。

それはつまり、必死ではなかったということだろう。

偽りなくチャイルドマン教室はエリートだった。誰もがそれを自覚していた。単純に成績だけをみても、各世代の上から順に教室のメンバーが並んでいた。そしてなによりチャイルドマンという名前が絶対だった。生徒たちに限らず、最高執行部にとってさえ。

敵がいなければ、教室で結束を固める必要もない。だが今はもう違う。

アザリーの死は塔の汚点であり、キリランシェロも自制を忘れた。塔からの制御にさえ従わなかった。制御を失うことが、魔術士にとっては最大の恥だ。魔術においても、生き方においても、他のすべてでも。

「先生は、これはそれほど難しい任務じゃないと言っていたぞ」

コミクロンが、不機嫌そうに言う。

「お前はどこまで成績を下げるつもりなんだ？　キリランシェロがいなくなったあと、世代の筆頭に立つのはお前でなきゃいけなかった」

あまりに馬鹿げた言い回しで、ハーティアはつい笑う。

同時に、コミクロンにもチャイルドマン教室への愛情はあるんだなと感じた。それもまた馬鹿げた話だ。考えるまでもなく当たり前だ。大半が家族を持たない塔の魔術士にとって、教室とはその代わりのようなものだ。

思わずこぼれた笑みを維持したまま、ハーティアは答える。

「実のところ、キリランシェロに勝てないなんて思ったことはなかったよ」

キリランシェロ。鋼の後継。戦闘芸術品。

彼は突出していた。言うまでもなく。単純に魔術の出力であればハーティアも肉薄していた自信があるが、構成の速度と緻密さは比べ物にならない。体術も同程度か、より大きな差があっただろう。なんといっても彼はあのチャイルドマンの戦闘技術を引き継ぐことを期待され、概《おおむ》ねそれに応えていたのだから。師にチャイルドマンがいて、生徒にキリランシェロがいた。それは輝かしいことだった。

ハーティアは続ける。

「もちろん向かい合って戦えば、あいつに勝てるわけがないさ。でも、向かい合って戦えば、なんて仮定がそもそも無価値だろ。目的を成し遂げる力でいえば、彼に匹敵する人材はそうそういない。塔じゃ教師を加えても片手に納まるだろう。でも、なんていうのかな。大事なのはどんな風に走るのかじゃなくて、どちらに向かって走るのかってことじゃないか？　つまり、まずまともな目的をみつけろって意味なんだけど」

その点でみれば、キリランシェロは同年代の中でもむしろ幼い部類だったように思う。

彼は、与えられたことを成し遂げていただけだ。魔術士になることを望まれ魔術士になり、チャイルドマンの技能を継げと言われてそれを学び、さらなる牙の塔の栄光となることを求められて王宮魔術士に——まあ、これは失敗したけれど。

最後の失敗だって、それまでの成功だって同じことだ。彼には与えられた目的しかなかった。だから、与えられるものに納得できなくなった時、塔を出ざるを得なかった。行き先もないのに。

コミクロンは納得していない様子だったが、強い反論もない。代わりにまた同じ質問を口にした。

「で、お前はけっきょく、ここでなにをしているんだ?」

つまらない話をした、という自覚はあった。

だからハーティアは、軽薄に笑って答える。

「実は可愛い女の子と、ちょっとした約束をしてね。できれば叶《かな》えたい」

「本気か?」

「女の子とデートするより王宮魔術士になる方が幸せだなんて、誰が決めた?」

「そういう話じゃない。ただ——」

音をたてて、コミクロンは息を吐き出した。

「お前が恋とか愛とか言い出すと、いつだって馬鹿げた厄介事にぶつかる」

反論しようとしたが、上手く言葉が出てこない。

不思議なことに、それは未だに、事実の一面だった。

◆◇◆◇◆

森の夜は、星を見上げているくらいしかすることがない。

意外なことにコミクロンは星の名前をよく知っていた。それにまつわる神話まで。

級友と共に星空を見上げて過ごすのは、悪くない時間だった。本当に。ただ、虚《むな》しくはある。

コミクロンは早い時間にベッドに入った。ここまでの長旅で、それなりに疲れていたのだろう。ハーティア自身も少し眠り、真夜中に目を覚ました。コミクロンは小さな寝息を立てていた。それを確認して、足音をひそめて小屋を出る。

ランタンに火を灯すと、夜が球形に切り取られる。そして周囲の闇をいっそう濃くする。

ハーティアは森の奥に向かって進む。道なんて理性的なものはない森だが、木々の生え方で、足を踏み出す先は限定される。十年前——この山小屋に、偏屈なきこりとひとりの少女が暮らしていたころも、そう違いはなかったはずだ。

やがて、どこからか、灰色のやせ細った猫が現れて、ランタンの光の輪に入った。コミクロンから充分に距離を取ったから現れたのだろう。

「いこう」

ハーティアは、独りつぶやく。

ここでの生活は、楽しいものではなかった。だがなんとなく性に合っているような気はしていた。これを続けていれば、望む答えがみつかりそうな。

——でも、なんにせよ、望みが叶うなんて信じない方がいいんだよな。

そんなものに期待し続けていると、魔法を探すことになる。その手前で足を止めるのが制御であり、魔術であり、つまり魔術士だ。

なんてことを考えながら。矛盾を胸の奥に押し込んで。

ハーティアは最後にもう一度だけ、魔術の外側にある理屈を試してみることにした。

魔術とは正反対の秩序。

と、コルゴンはネットワークを表現したという。

彼がどんな意図でその言葉を使ったのかはわからない。彼の言葉はいつも足りない。少し足りないか、大幅に足りない。

だが今回に限っては、言いたいことの想像がつく。

魔術とはつまるところ、常世界法則《システム・ユグドラシル》を偽る技術だ。術者は、構成という形で事実とは異なる世界を具現化する。局地的に生まれた異世界を、常世界法則は当たり前に正そうとする。その秩序を取り戻す過程こそが魔術と呼ばれる現象だ。スリングショットのようなもので、狙いを定めてゴムを引くところまでが術者の裁量で、伸びきったゴムが戻り弾が飛び出すのは世界のルールだ。

一方でネットワークの発生は、すべての人々の世界に対する誤謬《ごびゅう》を原因としているのではないか、とハーティアは考えていた。

誰だって世界を正確には理解できない。常世界法則を完全に読み解くなんて不可能だと断言できる。始祖魔術師たちでさえ、おそらくどこかに誤解があったはずだ。

この当たり前の事実——つまり人々が主観的に捉えている世界と常世界法則の齟齬《そご》——を魔術の構造に当てはめて考えれば、すべての人間が無意識的に魔術を使い続けているともいえる。もちろんこれは、大陸魔術士同盟が定義するところの魔術ではない。魔術とは制御されていなければならない。とはいえそんな理屈は、常世界法則にとって意味のあるものではないだろう。

つまり人々は能力の限界によって世界を錯視し、その錯視が微弱で、漠然とした、だが大量の魔術に似たものを生む。媒介もなければ魔力も込められていないそれは、だが「世界に対する誤りだ」という一点で魔術に似ている。誤りを正すには、常世界法則は自ら
――まあ、単純に言ってしまえば真実――を露呈し続けなければならない。反対に、正されていく世界の痕跡を辿《たど》れば、先には真実がある。この道筋で世界の真実にアクセスするのが、要するにネットワークではないか。

――なんて言い回しに、意味があるわけじゃない。

ただ、こんな風に考えると、ゴースト現象というものを多少は受け入れやすくなる。

ゴースト現象はネットワークの暴走によって発生する、ネットワーク自体に蓄積された過去の記憶だ。つまり世界が人々の認識を正し過ぎたせいで、不必要な真実までぽこんと生み出してしまったものだと捉えられる。

これを教室で発表すれば、チャイルドマンは「物事を単純化しすぎるのがお前の悪癖だ」なんて風に言うかもしれない。だがハーティアは、自分には複雑なものを複雑なまま理解できるほどの器量はないのだ、と受け入れつつある。

――単純に考えればいいんだ、こんなこと。

先生がシンプルだと言ったように。

ネットワークはしばしば暴走し、現実の一角に特異な空間を作り出す。

その空間では、ネットワークに蓄積された記録と立ち入った者の記憶とが結びつき、具体的な形を持って現れる。

そしてこれらの原因は、人間の認識そのものである。

——つまり主導権は、こっち側にあるって話だよな。

なら、理屈の上では、ゴースト現象に制御を与えることだってできる。

およそひと月間、オールド・ディムで起こったゴースト現象を利用してハーティアが試していたのは、それだった。

斜め後方の、茂みの奥からかさりと、足音が聞こえる。

そちらを確認する前に、ハーティアは笑みを浮かべて呼びかけた。

「やあ。キリランシェロ」

言葉を追うように視線を動かし、同時にランタンの光を向ける。

そこに、彼が立っていた。


キリランシェロ。

黒髪に黒目の、とくにこれといった特徴のない顔立ちの少年がそこにいる。塔が支給する運動着を着ていた。十五歳になったばかりといったところか。

ハーティアは内心で認める。

――やっぱりぼくにはまだ、ネットワークを自由に辿るようなことはできないみたいだな。

作り出そうとしたのは、今からもっとも近い過去の彼だった。つまり塔を出て一年と十か月ほど経ち、十七歳になったハーティアが知らないキリランシェロだ。ネットワークの理屈でいえば、それは可能なはずだった。だがどうしても知っている彼が現れてしまう。

――一度、生み出してしまえば、それを維持することは難しくない。

というかむしろ、理屈がなければゴーストは壊れない。世界の方も一度生み出してしまったものを、簡単に間違えましたといって取り下げるわけにはいかないのだろう。

キリランシェロは驚いたような顔つきで、こちらをみつめていた。だがすぐに片足を引き、半身になって戦闘態勢に入る。

――ゴーストの連中がやたら攻撃的なのは、いったいどういう理屈なんだろうな?

本能的に自身の移ろいやすさを理解していて、過剰なまでに自衛に意識が傾くということだろうか。そんな風に表現してしまえば、まあ生き物なんて大抵が攻撃的だという気もする。

キリランシェロの姿は、チャイルドマンによく似ていた。どこがというわけではない。

同じ技術を使うにしろ、彼とチャイルドマンでは体格に差がありすぎる。自然、構えも目線も別物になる。だが彼の立ち方は、不思議とチャイルドマンに似てみえた。

ハーティアは笑みを維持したまま、彼に呼びかける。

「そんなに睨むなよ。ぼくがなにをしたっていうんだ？」

だがキリランシェロは構えを解かない。その視線を受けるハーティアの方も、ベルトのナイフに意識が向く。

——いや。反対か。

ゴーストはこちらを攻撃してくるだろう。その思い込みが、ゴーストを攻撃的にさせるのか。

ハーティアはナイフに手をやる。それに合わせてキリランシェロも構えを変える。彼であればひと息で間合いを詰め、拳をハーティアの腹に突き立てることだってできただろう。だが、そうはしない。ハーティアは信頼している。彼と自分との友情を、なんてものではもちろんない。戦闘芸術品としてのキリランシェロを。

今の体勢でハーティアがナイフの柄に触れたところで、それを使った有効な攻撃を行うには、一、二、三手の動作が必要だ。ならキリランシェロは、もっと別のものを警戒するはずだ。魔術か、暗器か、伏兵か。戦闘態勢に入った彼の思考を同じ速度でトレースできるはずもないが、ともかく彼がナイフだけを警戒するのはまだ早い。

——なんてことを考えているあいだは、彼が心を開いてくれるはずもないか。

ナイフをレザー製のカバーごとベルトから外し、地面に落とす。

「落ち着こうぜ。お互いに。ぼくは君と話をしたいだけなんだ」

ハーティアはネットワーク管理の補佐官として、ゴーストを消去する技術を専門的に学んだ。そしてオールド・ディムのゴースト現象を使い、その技術を半歩だけ先に推し進めようとしていた。

狙った存在をゴーストとして生み出すこと。可能であれば、ハーティアの記憶にない存在であること。そしてそのゴーストから、未知の情報を訊《き》き出すこと。

それは一部が成功し、だがすべてが成し遂げられたわけではない。

——本来、難しいことじゃないはずなんだ。

目の前にいるキリランシェロはゴーストだ。ゴーストとはネットワークに蓄積された記憶の具体化だ。つまりこのキリランシェロは、過去の彼とまったく同質のものということになる。

なら、話し合えないわけがない。これがどの過去のキリランシェロだったとしても。

「そろそろタイムリミットでね。君と話ができるのも——つまり、それを試みられるのもって意味だけど、今夜が最後みたいだ」

目の前のゴーストを、キリランシェロだと確信しろ。

いや、それさえもノイズだ。ただ自然であれ。

「君に言ってやりたいことは、たくさんある。ぼくもコミクロンも、チャイルドマン教室が破綻した最大の要因は君にあると思ってる。もちろんいちばんわかりやすい理由はアザリーだよ。でも、彼女がどうなろうが、君さえいればうちの教室は持ちこたえられた。わかるだろ？　最高執行部の認識の問題だ。でなきゃ、君ひとりが鋼の後継なんて呼ばれるもんかよ」

これも違う。無理に語ろうとするな。

本当にそこに、十五歳のキリランシェロがいたとして。そのとき口にする言葉は、こんなものじゃないはずだ。

――ああ。そうか。

語る言葉を持たないのは、こちらも同じだ。

キリランシェロに伝えるべき言葉なんてものはない。だいたい、会話なんて意味のやり取りのためだけにあるものじゃないだろ。もっと、別の。

「すごく可愛い子をみつけたんだよ。それで、あのしみったれた小屋で、ひと月も生活することになったんだけどさ」

ハーティアはどうにか笑って、キリランシェロに歩み寄る。

「ラブレターの代筆を頼みたいんだ。手伝ってくれたなら、ハイヒールを履いたティッシの歩き方を、君が進化したてのゴリラみたいだって言ったことは黙っておいてやる」

「それは僕じゃない。コミクロンが言ったんだ」

彼の返事は呆気《あっけ》ないくらいに自然で、ハーティアは笑みを本物にする。

キリランシェロは呆《あき》れた風にため息をついて、続けた。

「だいたい、ラブレターの代筆なんて――」

上手くいった、と確信した直後だった。

背後から、「ハーティア!」と叫ぶ声が聞こえた。キリランシェロがそちらを向く。ハーティアも思わずそれに釣られそうになりながら、どうにか自制した。

――潮時だな。本当に。

決断は迅速だった。それだけは自信がある。つまり、固執を手放すのは。

ハーティアの拳が、キリランシェロの腹を打つ。彼は驚いた表情でこちらを見上げ、その直後に、霞《かす》んで消えた。

地面に落としたナイフを拾い上げる。そのあいだに、コミクロンはすぐ傍《そば》まで駆け寄っていた。

「今のは、キリランシェロだったのか?」

「違う。ただのゴーストだよ」

ナイフを腰のベルトに戻し、ハーティアはゴーストを殴った右手を振った。

これまでの実験では、彼を消すのにナイフを使っていた。

——触れたくはなかったんだけどね。

触るとどうしても、そこに彼がいたような気がしてしまうから。

でも、そんなことは些末《さまつ》な問題だ。

「君は小屋で寝ていてくれよ。ぼくはこれから、ゴースト現象の原因を取り除く覚悟を決めてしまえば、それは難しい話ではない。

だが、コミクロンは言った。

「あの女は誰だ?」

「女?」

「赤い闇がどうとか。——そう、カシュは赤い闇の中にいる、だ」

ハーティアは額を押さえる。

「君も、オーレリアに会ったのか」

◆◇◆◇◆

オーレリア。

およそ十年前、この森で命を落とした女性の名前だ。享年はわからない。だが少なくとも、まだ少女と呼べる歳ではあったようだ。

ハーティアの調査では、オーレリアの過去を辿ることはできなかった。能力的に不可能だったというよりは、その必要性を感じなかったことが大きい。もしその気になっていたとしても、どこまで調べられたのかはわからないが。

オーレリアが発見されたのは、ドラゴン信仰者の集落だった。未だ魔術士狩りの時代の思想を色濃く残す、あまりに前時代的な集落だ。オーレリアはそこの一員だったわけではない。彼女の父親は魔術士だった。ドラゴン信仰者たちはその男を殺し、オーレリアを檻の中に閉じ込めた。

彼女が救い出されたのは、いってみれば偶然だった。危険な薬物の製造、売買と多数の殺傷害事件を理由に王立治安警察隊が彼らの集落に踏み込んだ。交戦になったということだが、警察隊の方には大した被害もでなかった。集落にいたドラゴン信仰者の多くは自らその命を絶った。よく把握していないが、ともかく自分たちの教義に従って。

運よく助け出されたオーレリアだが、残念なことに、手遅れだったともいえる。彼女の心は壊れていた。どうにか幼子と交わす程度の会話は可能だったようだが、集落に捕らえられる前の記憶は失っていた。

オーレリアはちょうど引退の時期だった王立治安警察隊の老兵に引き取られ、ある農村――言うまでもなく、オールド・ディムだ――に移り住んだ。

そこでの生活は、静かなものだったという。

口数の少ない老いた元兵士と、一匹の猫と共に、安らかに暮らした。

オーレリアは家の中でなら家事をこなせるほどまで回復したが、些細なことでひどく取り乱すところがあり、村人との接触は避けられていた。

そして、ある夕暮れ、独りきり森に入り、自身の首を掻《か》き切った。

◆◇◆◇◆

かいつまんで、ハーティア自身も聞きかじった事情を話すと、コミクロンは青白い顔で言った。

「つまり、幽霊ってことか？」

「違う。ゴーストだ。でもまあなんでもいいさ」

「よくないぞ。まったくよくない。俺たちの生死に関わる問題だ」

「落ち着けよ。ぼくたちがふたり揃っている限り、新たなゴーストはまず発生しない。ぼくの記憶と君の記憶、双方を拾おうとしたゴースト現象は特定のよりどころを得られないまま——」

「違う。俺は——」

「おい、コミクロン。いったいどうしたっていうんだ？」

血の気が引いた彼の顔をまじまじとみて、ハーティアは気づく。

コミクロンがみつめているのは、ハーティアではなかった。さらに先、ハーティアの背後だ。そこに、まるで、怖《おそ》ろしい怪物でもいるかのような——

「俺は、あれが幽霊なのかって聞いてるんだ！」

コミクロンが叫ぶ。

ハーティアの背筋を、冷たい汗が流れていた。

——ゴースト現象は、脆《もろ》い。異なるふたつの意識がそこにある場合、双方の記憶の影響を受け、具体的な形を取れない。

例外はふたつだけだ。

ひとつはゴースト現象の核心となるゴースト。今回の場合、それはオーレリアだと考えて間違いない。問題はもうひとつだった。ふたつの意識——つまり、ハーティアとコミクロンが共に、同一のイメージで捉えているゴースト。

「いるはずない。でも、いるんだ。あれが。近づいてくる——」

コミクロンはもうほとんど正気を失っているようだった。その視線がどこか一点をみていることはわかるが、彼の瞳からは光が消えていた。

ハーティアの方も、彼がなにをみているのか、おおよそ理解しつつあった。ごくりと音を立てて唾を呑む。一刻も早く振り返るべきだが、身体が動かない。それでもどうにか首を回した。

彼女は、黒いローブを着ていた。肩まで伸びた癖っ毛が、禍々《まがまが》しいオーラの演出みたいに闇夜の風に舞っている。瞳は肉食獣の輝きで、まっすぐにこちらを射抜く。

——なんて、ことだ。

ゴースト現象は、その名前に引きずられてか、死者がその姿をみせることが多い。ハーティアとコミクロン。ふたりの意識に共通して、もっとも深く刻み込まれている死者は、彼女ひとりだ。

天魔の魔女、アザリー。

彼女は。

「光よ」

記憶通りの破壊と混沌《こんとん》を携えて、そこにあった。

走る。ふたり並んで、闇雲に。爆音が背を叩く。

その爆音に叫び返すように、ハーティアは声を張り上げた。

「いや、おかしいだろ！　ぼくらがなにをしたっていうんだ！」

いくら彼女とはいえ。あのアザリーとはいえ。いきなり魔術をぶっ放すってのは何事なんだよ？　肩がぶつかってさえいないんだぞ。今回はなにもしていない。本当に。ただ顔をみただけだ。目が合っただけだ。それだけで、あの攻撃性はなんだ？

意識の中の冷静な部分が言う。

——コミクロンのイメージに、ぼくの方も引きずられているんだ。

自分を客観視するような自分の声だ。あるいはそれは、ただの逃避なのかもしれない。目の前の現実から逃げ出した、より混乱した自分なのかもしれない。

イメージ。アザリーのイメージ。

そんなもの考えるまでもなかった。いくつもの爆破スイッチに取り囲まれた、意地の悪い黒猫みたいなものだ。なにをしても、どんな風に声をかけても、本人のきまぐれでだって足を踏み出す。そしていずれかのスイッチを踏む。想像通りの爆発と、予想外の爆発がある。でも爆発は爆発だ。

——あれ？　もしかしてぼくたちは、ゴーストを完全に制御しているんじゃないか？　つまりはイメージ通りに破壊をまき散らす彼女を、完全に作り上げているんじゃないだろうか。

——いや。望んでない制御は、制御とは言えないか。

まずなにを望むのかを制御すること。それが、制御の一歩目だ。

なんて思考に気を取られていたのも、やはり現実逃避だったのだろう。背後からアザリーの声が届いた。音声魔術においてそれは、魔術が届いた、という意味になる。

「波紋よ」

ハーティアは彼女のその言葉が、なにを顕《あらわ》すのか知っていた。自壊連鎖。生身の人間に使うには過剰な技術だ。たいていの生物と状況に対して、過剰だ。

理性というよりは、猫がまず獲物の翼をもぐようなものなのだろう。アザリーがその自壊連鎖をぶつけた先は、ハーティアたちの前方だった。ずんと重たい音が響き、地面が消滅する。不意に生まれた空白に隣の土が落ち、それもまた消え、次の崩落を生む。

唐突な地滑りに対して、ハーティアができたのは、宙に身を投げ出すことだけだった。

走っていた姿勢のまま。隣の、まったく同じ姿で宙に浮かぶコミクロンの姿が、視界の端にひっかかった。

「光よ」

彼女の、ためらいのない魔術に、ハーティアは叫び返す。

「凪よ！」

もっとも得意とする魔術だ。衝撃波が、辺りのすべてを無秩序に薙《な》ぎ払う。本来であれば。

だが今回は、出力を極端に絞っていた。狙ったのはアザリーではなく、ハーティア自身だ。真横で破裂した空気が、宙にいるハーティアと、ついでにコミクロンを吹き飛ばす。アザリーの魔術の爆発が、それをさらに後押しする。暴流のような大気に身を任せながら、全身で地面を探す。

まず膝がそれをみつけた。幸運なことだ。そこを支点に片手をついて体勢を立て直す。手が触れたのはなにか柔らかなものだった。その柔らかなものはコミクロンの声で濁ったうめき声をあげる。まあどうでもいい。

膝をついたまま振り返る。いつ落としたのだろう、ハーティアのランタンが地面に転がり、油が漏れて燃えていた。その光に、土煙が照らされる。土煙の向こうから、ゆったりとした歩調でアザリーが現れる。

——やるしか、ない。

やらなければやられる。わかりやすい状況ではある。

「覚悟しろ、アザリー」

妙に気分が高揚していた。思えば昔から、こんな風に言ってやりたかったんだ。抑えきれず口元が笑う。

アザリーが足を止める。ハーティアの変化に反応して、ではない。

彼女とハーティアのちょうど間に、音もなく、ひとりの少年が立っていた。

「魔女を滅ぼすのはいつだって、人間だって決まってるんだよ」

過剰な出力と才能にものを言わせた、暴れまわる巨人みたいなアザリーの魔術に対を成す、研ぎ澄まされた技術の刃《やいば》。

それに向かって、ハーティアは言った。

「いけ、キリランシェロ」

こちらに背を向けた彼が、静かに戦闘態勢を取る。

その戦いは、長いものではなかった。

まず動いたのは、当たり前にアザリーだった。

「歌よ」

ほとんど同時に、キリランシェロがつぶやく。

「我は紡ぐ――」

アザリーの魔術で、ひび割れるように空が鳴った。大気が渦巻き、キリランシェロに向かって収縮する。彼の方も足を踏み出しながら続ける。

「――光輪の鎧」

キリランシェロの魔術は、アザリーの魔術すべてを受け止めるものではなかった。

だが、渦の中に障壁が生まれ、風が変わる。本来であれば足を踏み出せない、立っていることも困難なほどの大気の渦に、一筋の隙間を生み出す。

その隙間はまっすぐにアザリーに伸びているようだった。キリランシェロが瓦礫になった地面を踏みしめて駆け、直後、置いていかれた光輪の障壁が渦に押しつぶされ、音をたてて弾ける。

迫るキリランシェロに、アザリーも一歩を踏み出す。

「光よ」

言葉の通り光が走る。それはキリランシェロの左脇を掠《かす》めて地面にぶつかる。爆発。人の反射速度を軽く超える速度の魔術を、キリランシェロは当たり前に、右に跳ねて回避している。アザリーの方も、当たり前に、彼の動きを予測して肉薄する。

——体勢は、アザリーが有利だ。

ハーティアは内心でぼやく。

最小でもっとも効率の良い足運びだったとはいえ、魔術を避けたことでキリランシェロの体勢は崩れている。それに対し、一方的に有利な位置にアザリーは身を置いている。

——まったく。嫌になるぜ。

ついていけない。アザリーに、ではない。ふたりに。でも、どちらかといえば、よりキリランシェロに。

彼がなにかささやいたのがわかった。その声はハーティアまでは届かなかった。だが魔術の構成がみえて、彼の狙いを理解した。

純粋に、時間がなかったからだろう。彼にしては単純で、荒っぽい構成だ。魔力の出力も弱い。そしてもちろん、キリランシェロは、それに完全に自覚的だ。いつから？　わからない。少なくとも、その構成が展開され始めたとき——アザリーの魔術を躱《かわ》したときにはもう、これを狙っていた。

「——の傷痕」

と、最後の言葉だけがどうにかハーティアの耳まで届き、魔術が発動する。

復元魔術。それは対象とするものにより、難易度が激変する。人体は難しく、物質であればまだしも簡単だ。とくに単純な壊れ方であれば。

キリランシェロが復元したのは、地面だった。アザリーが自壊連鎖と光線でぼろぼろにした、地面のほんの一部。直径で二〇センチほどの範囲。彼女の足元でそれが本来の姿を取り戻し、靴底に踏み抜かれ、また崩れる。

一瞬、アザリーが目を見開いたのが、ハーティアからもみえた。彼女の方も体勢を崩してキリランシェロと五分になる。だが、それはキリランシェロが想定した五分だ。なら次の一手で、彼の方が上回る。

その詰将棋じみたやり取りの最中に、ハーティアができたことはあまり多くなかった。

まず立ち上がり、膝の土を払った。それから笑みを浮かべて、足元に転がっているコミクロンに手を差し伸べた。

「ああ、ありがとう」

と、彼も立ち上がる。

コミクロンは茫然《ぼうぜん》と、ふたりの戦いをみつめていた。

「どっちが勝つと思う?」

尋ねられて、ハーティアは答える。

「決まってるさ。そんなの」

戦闘において比べ合うのは、魔術でも、体術でもない。その総合力でさえない。目的までの道筋を瞬時にみつけ、正確にそれを辿る能力だ。

アザリーはたしかに、天才なのだろう。だが才能が大きすぎる。力任せにそれを達成してしまえる。キリランシェロの方は？　そう違わないかもしれない。でも彼は不思議と自分を過小評価する傾向にある。自身の弱さを知っていたなら、頭を使う。アザリーがキリランシェロのやり口――魔術と肉弾戦を複合した読み合いに乗った時点で、戦いの勝敗は決したようなものだ。

ハーティアは身体をコミクロンの方に向けたまま、首を回してふたりの様子を観察する。想像通りの景色がそこにあった。

キリランシェロの拳が、アザリーの腹にそえられている。ふたりはそのまま硬直している。寸打――キリランシェロが、チャイルドマンから受け継いだ技術のひとつだ。そのまま、戦闘という圧縮された時間の中では、ずいぶん間延びした無音が続いた。

――戦いの勝敗は、決している。

でも、それ以前に。

ふたりが争った場合の結果なんか、火を見るより明らかだ。

キリランシェロは寸打の体勢から、ぴくりとも動かなかった。アザリーが一歩、その身を引いても、なお。それで必殺の間合いは崩れた。

アザリーは困惑した様子で、ぽこん、とキリランシェロの頭を叩く。それでキリランシェロは、跡形もなく掻き消える。

「おい、消えたぞ」

とコミクロンが言う。

「ああ。消えたな」

とハーティアは答える。

戦闘技術とは目的までの道筋を瞬時にみつけ、正確にそれを辿る能力だ。

だが、ハーティアの制御が完璧であれば。つまりそこに完璧なキリランシェロが再現されていたなら、彼は、アザリーを倒すことを目的として設定しない。あらゆる時代のあらゆる彼が、それを目的として設定できない。

コミクロンは困惑した声を上げる。

「どうすんだよ。あの厄災」

「ぼくが消すよ。もちろん」

「どうやって？」

「こうやって」

えい、と軽く掛け声をあげながら、ハーティアは首の向きを正面に——つまりは、コミクロンに戻した。同じ動作で肩を回し、彼の顎を右の拳で抉る。

鈍い音を立てて、コミクロンが膝から崩れ落ちた。

足の先でつついてみる。反応はない。

——キリランシェロはよくやってくれたよ。

ハーティア自身が気持ちを落ち着け、それから、コミクロンの意識を刈り取るだけの余裕を作ってくれた。だから、実のところ、あのふたりの戦いの結果なんかどうでもいい。ノイズが交じらなければ、あれはアザリーではなく、ただのゴーストだ。

ゴーストに向き直り、ハーティアは言った。

「殴り合いじゃ、そりゃ足元にも及ばないだろうけどさ。ゴースト現象に関してはぼくの方が専門家だって言っても、文句はないだろう？」

ゴーストを消すのに、ナイフも拳もいらない。

正しく認識すればいいだけだ。心というのは、本来、こういった形では現実に作用を及ぼさないのだ、と。

ゴーストはなにも答えなかった。

ただ不思議そうに、自身の――キリランシェロを殴った右手を見下ろしているだけだった。彼に敗れたことか、それとも彼が消えたことか。どちらかが不思議だったのだろう。

その表情を最後に、彼女の姿も、また消えた。

◆◇◆◇◆

コミクロンはそのまま、地面に転がしておくことにした。

思わぬどたばたに巻き込まれたが、これで、予定通りだ。ランタンが壊れてしまったため、魔術で作った光源を浮かべ、ハーティアはひとりきり森の奥へと進む。

足元にはやせ細った、灰色の猫がいた。

その猫に、ハーティアは呼びかける。

「いこう、カシュ。ご主人様に会えるぜ?」

カシュ。

かつて悲劇的な運命の末、自らこの森で命を絶った女性が、おそらくは肉親のように愛していた猫。そのゴースト。

――ぼくだって、ここにいたひと月間で、なんの成果も得られなかったってわけじゃないんだ。

少なくともカシュは得た。

つまり、猫のゴーストくらいであれば自由に生み出せるようになった。それに先ほどのキリランシェロは上手くできていたと思う。

風が吹き、闇の中の木々が一斉に揺れる。ふいにカシュが駆け出した。枝と枝とがぶつかり合う音に驚いたのか、とも思ったが、違うようだ。

彼は迷いのない足取りで走る。その後ろを、ハーティアも追う。

間もなく前方に、白い女性がみえた。闇の中で、月のように、ハーティアが作った魔術の光を浴びて輝く女性だった。

オーレリア。

彼女の姿は精霊のようだった。童話に出てくる種類の精霊だ。

白すぎる肌は、生まれつきというのもあるだろうが、長い時間を室内で過ごしたことが原因だろう。ドラゴン信仰者の集落にいたとき、彼女に自由はなかった。オールド・ディムに移り住んでからも、ほとんど外出することはなかったと聞いている。

オーレリアの身体は軽く握るだけで折れてしまいそうに細い。だが、瞳は大きい。表情のないその瞳が、彼女をいっそう神秘的にみせていた。栗色《くりいろ》の、長い髪が、光の糸みたいに風で揺れた。

まるで幻想のような彼女の姿の中で、だが、右手に握っているものだけが異質だった。一本のナイフ——戦闘用のものではない。キッチンから持ち出してきたのだろう、フルーツナイフのようだった。生前の彼女は、おそらくそれで、自らの首を切った。

まずカシュが、続いてハーティアが足を止める。

オーレリアの姿をみるのは、これが二度目だ。

最初にこの光景をみたのは、ハーティアがオールド・ディムを訪れて四日目のことだった。実のところ、この、あまりに美しい少女を探すことは難しくなかった。彼女は以前もここにいたし、あれから一歩も移動していないのではないかという気がした。

「オーレリア」

とハーティアは呼びかける。

「覚えてるかい？　ぼくだ。ハーティアだ。前にも会ったことがあるだろう？」

オーレリアは表情のない瞳でこちらをみていた。いや、おそらくはみていない。彼女にはなにもみえていないのだ、という気がした。

構わずハーティアは続ける。

「約束したんだ。君はなんにも答えてくれなくて、ぼくが一方的に言ったんだけど、それ

た。

でも約束だと思ってる。ほら――」

およそひと月前、初めてハーティアがオーレリアのゴーストに会ったとき、彼女は言った。

――カシュは赤い闇の中にいる。

掠れた声だった。

長いあいだ物置にしまい込んでいた、壊れかけの楽器――その声は吹奏楽器にも弦楽器にもにていなかったが、ともかく、かつては綺麗な音を鳴らしていたもの――がたてる、物悲しい音色のようだった。

カシュというのが、オーレリアの飼い猫だということは、当時のハーティアも知っていた。オールド・ディムでは有名な話なのだ。好奇心をくすぐるホラーのひとつとして、あの村ではオーレリアの死にまつわる出来事が語り継がれている。

ひと月前、ハーティアは言った。

――ぼくがカシュを連れてくるよ。

同情だ、と自覚していた。

実態のないゴーストへの同情だ。馬鹿げていて、自制が足りない。

だがハーティアは、それをやり遂げようと決めた。つまり彼女とカシュを再会させたか

った。それから、できるなら、彼女とひと言でも意味のある会話を交わしたかった。だから
らひと月間、ずっとその練習をしていた。
ハーティアはできるだけ丁寧にほほ笑んで、彼女に声をかける。
「カシュは、ほら、そこにいるよ。賢い猫だ。たぶん飼い主に似たんだろうね」
わずかに、オーレリアが首を傾げる。それから彼女は、歩幅の小さな一歩をカシュの方
へと踏み出した。
一歩、一歩。ひとりと一匹が近づく。
オーレリアはささやく。
「カシュ――」
猫の名の他は、よく聞き取れなかった。
彼女はカシュの手前で足をとめ、しゃがみ込む。灰猫にそっと左腕を伸ばした。カシュ
の方も、細い腕に身を寄せる。
その姿は美しくみえた。オーレリアは苦笑に似た笑みを浮かべていて、彼女の手つきは
優しかった。白い手のひらがカシュの、喉の下に触れる。カシュは嬉《うれ》しそうに地面に寝転
がり、オーレリアに腹をみせる。
ハーティアは、彼女の名を呼ぼうとした。

その、直後だった。

オーレリアの左手がカシュの身体を押さえ込む。彼女は勢いよく右手を振り下ろした。

その手にはナイフが握られている。冷たい月光のように尖《とが》った先端が、カシュの、胸の辺りに突き刺さった。

血は、ほとんど流れなかった。

カシュの鳴き声も聞こえなかった。

ただ猫のゴーストが、オーレリアの手の中で消えた。

「どうして――」

思わず、声が漏れる。

だがその言葉の続きを、ハーティア自身も知らなかった。

「カシュは、赤い闇の中にいる」

とまた、オーレリアはささやく。

――失敗、か。

内心で嘆息して、すぐにまた笑みを作って、ハーティアは尋ねる。

「ねぇ、教えてよ。赤い闇ってのは、なんなんだい？」

返事は期待していなかった。

だが、彼女は静かに立ち上がりながら、その動作と同じような口調で言った。

「赤い闇は、永遠にそこにある」

「そこ?」

「魂を赤い闇に結びつければ、つまり精神の永遠を獲得する」

「ないよ。そんなの」

彼女がなにを言っているのか、わからないが。

なんであれ永遠なんてものはない。そんなの、どこにも。当たり前じゃないか。もしもこの世界に、ほんのひとつだけでも永遠なんてものがあったなら、そんなの苦しすぎるだろ。手に入れた方も、傍からそれをみている方も。

オーレリアはもう目の前まで迫っていた。

彼女は右手のナイフを、今度はハーティアに突き立てようとしたようだった。

ハーティアは彼女の手首をつかむ。ダンスのとき、相手の手を取るように。やはり間近でみるオーレリアは美しい。とくにその瞳がいい。大きな、なにも映さないような、深い瞳。

なにか彼女に、洒落《しゃれ》た言葉をかけたかったけれど、なにも思い浮かばなかった。

ハーティアは彼女に顔を近づけて、キスをするような動作で。

「さようなら」

凡庸に、そんな風につぶやく。

目は閉じなかった。閉じたのは心だ。

それだけで彼女が消える。元々、いなかったように。いや、ある意味では本当に、彼女はここにいなかったのだ。ゴースト。すでにないものの残滓《ざんし》。

ハーティアはそれを処理するための、専門的な技術を知っている。

◆◇◆◇◆

「けっきょく、赤い闇ってのはなんだったんだろうな」

とコミクロンは言った。あの日から三年ぶん歳を取ったコミクロンだった。

彼の方からその話題を口にしたのは、ハーティアには意外だった。彼にとっては、それほど思い入れのある出来事ではないだろうと感じていたから。

「ああ――」

ハーティアは、テーブルの上のワインボトルに描かれた猫から、向かいのコミクロンに視線を移す。

「どうやら、そんな信仰があったらしいね」

得られない。

「彼女がさらわれていた、ドラゴン信仰者たちの集落だよ」

「信仰？」

あのあと、オーレリアの身に起こった事件を調べてみたのだ。

できたことは、あまり多くはない。塔にとってもチャイルドマンにとっても、すでに過ぎ去った、しばしば起こるネットワークの暴走のひとつに過ぎなかったのだから。協力は得られない。

とはいえ個人的な努力の範疇《はんちゅう》でも、わかったことはある。

「赤い闇っていうのは、夕暮れ時を指すみたいだよ」

彼らは夕暮れを、神聖なものだと考えていた。

「正しい信仰を持ったまま、胸を一突きすればそこから流れ出るのは血ではなく、夕暮れの赤だ。そしてその赤は日が暮れるたびに再現され、死者の魂もまた再現される。それはつまり、永遠の獲得だ——だったかな」

細部は違うかもしれない。

でも、まあ、信じるに足りない与太話だという意味では間違っていない。

吐き捨てるように、コミクロンは言った。

「科学的じゃない話は嫌いだよ」

ハーティアの方も頷く。

「ああ。壊れた理性の話だよ。好きにはなれない」

「理性？　理性なんてものが、どこにあったっていうんだよ？」

「彼女は喉を掻き切って死んだ。なのに、カシュを殺すときには、胸を突いた」

集落から助け出されたとき、オーレリアはすでに、致命的に壊れていたのだろう。言葉のままに、命に関わるところまで。

彼女はもう存在しないドラゴン信仰者たちを怖れ続けていた。彼らと、彼らの教義を。怖れて、信じていた。

だから彼女は自ら命を絶つときに、首を切る方法を選んだ。胸を突いてしまうと、赤い闇と同化し、永遠を手にしてしまうから。ドラゴン信者たちと同じ永遠の獲得は、彼女にとっては絶望でしかなかったのだろう。

なのに、カシュを殺すとき、あの子は猫の胸を突いた。

ゴーストの話ではない。

「オーレリアは自ら命を絶つ前に、飼い猫を殺していた」

彼女を引き取っていた老人から聞いたのだ。

彼はオーレリアの死後、故郷の町に移り住み、ベッドの上で生活していた。枯れ木みたいにやせ細った身体で、もう身を起こすこともできないようだった。だが声は充分に力強かった。

オーレリアがなにを考えていたのか、正確なところは、もちろん彼にもわからない。

ある日、夕暮れ時に彼が買い出しを終えて小屋に戻ると、カシュが胸から血を流して死んでいた。オーレリアの姿はなかった。彼女の遺体は、森の中からみつかった。

「あの子は、カシュを永遠にしたかったんじゃないかな」

彼女はカシュのために、カシュを殺したのだ。

そうでなかったなら――オーレリア自身のためだったなら、カシュは首を切られていたはずだ。胸をナイフで突いたなら、それはカシュのためだったはずだ。彼女はカシュを道づれにするのではなく、別の場所で永遠になることを望んでいた。

「狂気だな」

とコミクロンが言った。

「愛情だよ」

とハーティアは答えた。

「身勝手な愛情と、狂気になんの違いがある？」

「さあね。少なくともぼくは、身勝手じゃない愛情なんてものをみたことはないよ」

コミクロンはしばらく、じっとこちらをみつめていたが、やがて息を吐き出し、乱雑な動作で頬杖をついた。それで空になった皿が揺れた。

「なんにせよ、俺が言いたかったのはあのゴーストの話じゃない」

「じゃあなんだよ？」

「お前の話をしてるんだよ。あのとき、お前は自制されていなかった」

「そうかな」

多少、感情的だったことは認める。

だが感情と行動を切り離すのには自信がある。あのときだって、それは上手くできていたはずだ。

「オーレリアだって、けっきょくぼくが消しただろ？　ゆっくり進めただけだよ」

「なぜ時間をかけたんだって聞いてるんだよ」

ずいぶんしつこい。

ハーティアはなにも答えず、代わりに、赤いワインに口をつける。

まるで構成に魔力を込めるように、コミクロンは言った。

「けっきょく、あのゴーストなんかどうでもよくてさ。お前はキリランシェロと話をしたんじゃないのか？」

その言葉で、ようやく腑《ふ》に落ちた。

コミクロンが、なぜあの日の話を始めたのか。

彼がわざわざ大陸魔術士同盟支部まで訪ねてきたのも、それで共に食事を摂《と》る流れになったのも、いちばんの理由はこの話をしたかったからなのだろう。

——ああ。その通りだよ。

まったくの正解ではないけれど、だいたいが正解だ。

オーレリアは美しかったが、その美しさだけが、ハーティアをあの小屋に留まらせた理由じゃない。

ほんの少しでよかった。聞いてみたかった。牙の塔を出たあとの、キリランシェロの言葉を。チャイルドマン教室を滅茶苦茶にしたことに対する身勝手な話を聞いて、呆れるにせよ悲しむにせよ、感情的になりたかった。だからあの森で、何度も彼を生み出し、同じ回数殺した。ハーティアはその赤の中にいた。

コミクロンが続ける。

「恨みだか、憐憫《れんびん》だか知らないよ。でもキリランシェロが塔を出てから、お前のあいつへの態度は科学的じゃない」

ひと呼吸、意図して間を置いて、たったひと言だけ答える。

「かもね」

それからハーティアは笑う。心と繋がらない、完全に自制された笑みだった。

コミクロンは、彼には似合わない、刃物じみた真剣な表情を浮かべている。――いや、似合わないってことはない。この三年間で彼は、自然に、そんな顔もできるようになっていた。

「俺は、先生に提案したんだよ。今回の作戦にお前を組み込むのは危うい。アザリーだけならともかく、キリランシェロまで関わったなら、お前は自制を失いかねない」

「そう。ありがとう」

皮肉じゃない。本当に。

良い友達を持った、と思う。コミクロンは真剣に、こちらを心配している。

「でも、大丈夫だよ。先生だってそう言っただろ？」

コミクロンはずいぶん長い時間、不安げに、口を閉ざしていた。

次に彼が口にした言葉も、意外といえば意外だった。

「死ぬなよ」

なんだか不意をつかれて、ハーティアはつい本心で笑う。

「もちろん」

相手がアザリーだろうが、キリランシェロであろうが。少なくとも感情がハーティアの足を引っ張ることはない。

ゴースト。過去の残滓。まるでまだそこにあるようなもの。だが、本当はもうどこにもないもの。決してあると信じてはならないもの。

ハーティアは自分が、それを処理する専門家だと知っている。

あとがき

魔術士オーフェン25周年、おめでとうございます！　また、このような形でオーフェンという偉大な作品に関わらせていただきまして、誠にありがとうございます。

私が初めてオーフェンに触れたのは、小学生のころでした。当時の私にとっては、なんだか難しい話だな、という印象でした。少なくとも小学生の私が求めるカタルシスに満ちた小説ではなかった。でも一方で、妙に気になる作品で、ずっと追いかけていましたし、秋田先生の別の作品（とりあえずその時点で出ていた『ひとつ火の粉の雪の中』）にも手を伸ばしました。初めはひどく無自覚な秋田先生のファンでした。

正体がわからないまま漠然と感じていた魅力が明瞭な形になったのは、私が高校生のころ、『閉鎖のシステム』を読んだときでした。あの作品ではっきり「ああ、秋田先生というのは、こういう小説を書く人なんだ」「大好きだな」「これが小説というものなんだな」と感じて、それで一気にオーフェンというシリーズへの理解も深まったように思います。その理解が誤りだったとしても、私にとっては確かな事実として。

それから私の小説のベースは、秋田先生になりました。文体に関しても非常に強い影響を受けている、というか、「秋田先生ならこう書くな」「この文章は、ソリッドすぎて私には使いこなせないから、少し丸めてこんな感じだな」という風に考えて、私なりの文章を書くようになりました。一文の書き方だけではなくて、私の個人的な価値観や、小説の中でテーマをどう扱うのかといったことも、秋田先生の小説が軸になっています。

私にとって秋田禎信という作家は神さまのようなものですから、今回の原稿の依頼を受けたときには、恐れおののいたものです。まったく欠けらも書ける気がしなかったのですが、機会をいただきながらこのアンソロジーに参加しないのも悔しいので、まあやるだけやってみようという気持ちで書きました。

正直なところ、「どうせやるならオーフェンの視点を書くべきではないか?」とも思ったのですが、どうしても勇気がでなくて、いちばん自然に書けるだろうという予感があったハーティアの物語になりました。皆さまがイメージするハーティアと、あまり齟齬がなければいいのですが。

いずれ来る50周年でおそらく刊行される記念本では、堂々とオーフェンを書ける作家になっていたいと思います。それまでの25年間、秋田先生が生み出す様々な作品を読んで生きていきます。これからもよろしくお願い申し上げます。

河野　裕

しょうらいのゆめ

橘公司
Koushi Tachibana

アザリーという魔術士がどんな人間かと問われて、答えられない者はいないだろう。少なくとも、この《塔》の中には。

それくらいに、彼女の名は——よくも悪くも——知れ渡っていた。天魔の魔女。大陸最高峰たる魔術士養成機関《牙の塔》の中でも屈指の魔術士。チャイルドマン教室の逆噴射式暴発娘——

答えに窮したり口ごもったりする者はいるかもしれなかったが、それは彼女のことを知らないわけではなく、自然と口からこぼれそうになる悪評、あるいは愚痴をとどめようとしてのことに違いなかった。もっと正確に言うなら、それを口走ったことによる彼女からの報復を恐れて、か。——つまりはまあ、そういう人間だった。

だから彼女の弟たるキリランシェロは、このときもさほど驚きはしなかった。慣れていたのだ。——彼女が《塔》の保管庫から、封印されていた天人種族の遺産を勝手に持ち出してくるくらいのことには。

「——あ、いたわねキリランシェロ」

教室に入ってくるなり、アザリーは快活な調子でそう言った。

肩口をくすぐる黒髪に、悪戯《いたずら》好きな猫を思わせる双眸。《塔》の上級魔術士であることを示す黒のローブを身に纏《まと》った長身の女性である。今は小脇に、精緻な細工が施された鏡のようなものを抱えていた。

一目見て、その鏡の意匠が人間の手によるものでないことを理解する。——魔術文字《ウィルドグラフ》。ウィールド・ドラゴン＝ノルニルが用いた沈黙魔術の媒体だ。

「…………、やめときなよ」

目を輝かせながら言うアザリーに、おおよそのことを察したキリランシェロはため息を吐きながら返した。するとアザリーが、不満そうに唇を尖らせてくる。

「何よ、まだ何も言ってないじゃない！」

「……そうだね、ごめん。じゃあ聞いてもいいかな？　何か用？　できれば『天人』、『遺産』、『実験』以外の言葉で答えてもらえると嬉しいんだけど」

「『いいえ』、『嫌だ』、『断る』以外の言葉で答えてくれるならいいわよ」

「…………」

にこやかな調子で返してきたアザリーに、キリランシェロはもう一度ため息を吐いた。

とはいえキリランシェロも、そんな言葉くらいでアザリーを押しとどめることができるとは思っていなかった。人間が天災に逆らったところで結果が変わらないことは歴史が証明している。となれば、重要なのは言質《げんち》を取られないことだった。『共犯』と『巻き込まれた一般生徒』では、責任の度合いがまるで変わってくるだろう。

「……ええと、実はぼく、これから用事が」

が、キリランシェロが如何《いか》にアザリーを刺激しないまま責任を逃れようかと考えていると、アザリーが、どこか芝居がかった調子でわざとらしくしなを作ってみせた。

「……分かったわ。残念だけど、キリランシェロがそこまで言うなら……」

「えっ？」

「これはやめにして、代わりに存在の引き算と月の紋章《バルトアンデス》の剣のコンボを試してみましょう。まずキリランシェロが亀の糞《ふん》になるまで存在を引き算するでしょ？　そうしたらわたしがそれに斬り付けて元の姿に戻すから、以後それを繰り返して——」

「どんな遺産を見つけてきたの？　楽しみだなあ！」

キリランシェロは冷や汗を浮かべながらアザリーの言葉を遮るように声を張り上げた。

選択肢を選ばされることにより、図らずも共犯関係を作られてしまったが、仕方がない。月の紋章の剣とやらに聞き覚えはなかったけれど、悪名高きヒュキオエラ王子の秘法とともに名を挙げられるような代物がろくなものであるはずがなかった。

「そうよね。未知に挑むことこそ学生の本分よね。キリランシェロが研究熱心でわたしも嬉しいわ」

「……わぁい」

キリランシェロは乾いた笑みを浮かべながら両手を上げた。その様は喜びや興奮を示しているというより、ナイフを突きつけられ降伏を示した敗残兵を思わせたが、アザリーは特に気にしていないようだった。

「さて――」

キリランシェロを籠絡したアザリーは、そのまま流れるような動作で身を翻し、だんっ、と教室の壁に手を突いた。――具体的には、そろそろと教室から出ようとしていたふたりの少年の行く手を阻むように。

「ひっ!」

「わっ!」

突然アザリーに遮られたふたりは、分かりやすく肩を震わせた。

ひとりは赤毛とそばかすが特徴的な少年。もうひとりは、黒髪を三つ編みに結わえ、なぜかローブの上に白衣を羽織った少年だった。キリランシェロと同じチャイルドマン教室の生徒、ハーティアとコミクロンである。どうやらアザリーがキリランシェロを構っている隙に逃げだそうとしていたらしい。

「安心して? ちゃんとハーティアとコミクロンも参加させてあげるから」

にこやかな――ともすれば怒り顔よりも恐ろしい――笑みを浮かべながらそう言われ、

ハーティアとコミクロンは震える声を上げた。

「あ、ありがとう」

「恩に着る……」

ふたりが言うと、アザリーは上機嫌そうにうなずき、テーブルの上に持っていた鏡を設置し始めた。その目を盗むようにして、ハーティアとコミクロンがキリランシェロを睨み付けてくる。

「……何してるんだよキリランシェロ！　もっと会話を引き延ばしてアザリーの注意を引きつけてくれないと！」

「……そうだぞ！　ひとりが食いつかれている間に他のふたりが逃げる！　天敵から生き延びるための常套《じょうとう》手段じゃないか！　生存率を上げるために、この前血の盟約を交わしたばかりだろう！」

声をひそめながら叫ぶという、妙に器用な真似をしながら、ふたりが訴えかけてくる。しかしキリランシェロは半眼を作りながら返した。

「交わしてないよ。その条件だと大体最初に食いつかれるぼくが不利過ぎるってことで、条文を練り直してるところだったじゃないか」

「二対一だぞ！　議会の三分の二の賛成を得ているのに可決されないなんて理不尽だと思

わんのか！」

「民主主義の暴走ってこうして始まるんだろうなあ……」

「何をごちゃごちゃ言ってるのよ。ほら、こっち来て」

と、キリランシェロが諦めたように呟いていると、アザリーが声を上げてきた。

見やると、先ほどアザリーが抱えていた鏡が、テーブルの上に設置され、その滑らかな鏡面をこちらに向けていることが分かる。そしてその縁には、複雑な魔術文字が等間隔に刻まれていた。

かつてこの大陸に存在した天人種族は、文字を媒介に魔術を行使したと言われている。音声と異なり、形の残る文字を用いたがゆえに、天人が大陸から去って久しい今も、彼女らの遺《のこ》したアイテムには魔術の力が残されているのである。

とはいえ、その魔術文字は完全に解読されているわけではない。強力な、そして複雑な構成になればなるほど、その意味を読み取るのは至難の業であるといえた。如何に魔術士とはいえ、そう簡単に扱えるような代物ではない。——《塔》最強の魔術士であるチャイルドマン・パウダーフィールド教師から直々に天人種族の遺産の扱いを学んだ魔女などがここにいない限りは、だが。

「……それで、これには一体なんて書いてあるのさ」

キリランシェロが問うと、アザリーは得意げに胸を反らしながら答えてきた。

「一言で言うなら『先を見通す』ね。この縁の文字を、天辺《てっぺん》から右回りに指でなぞると魔術が発動して、触れた者の未来の姿が鏡に映し出されるはずよ」

「はず……って、試してないの？」

「やぁねぇ。だからここに来たんじゃない」

『…………』

アザリーの言葉に、教室にいた三匹の実験動物は無言になった。

とはいえ、僥倖《ぎょうこう》といえば僥倖である。ほうと安堵《あんど》の息を吐く。

「未来の姿……か。まあ、想像してたよりは大人しいかな？　ぼくはてっきり、荷電粒子を収束して絶対破壊ビームとか放つ感じのやつかと」

「いや待て。使ってみるまで分からないぞ。鏡に映った人間のコピーを作りだして、本物に成り代わる系の装置かもしれない」

「うむ、魔術文字を読めるのが自分だけというのをいいことに、適当な説明をしている可能性は十分あるな。縁をなぞった途端鏡の中に閉じ込められるというのも……」

「そういうのが好みなら今度用意してあげるけど？」

今度のひそひそ話はアザリーの耳にも届いてしまったらしい。アザリーが笑顔で言ってくる。ただし、目は笑っていない。キリランシェロたちは顔を真っ青にしながら首をブンブンと横に振った。

「何でもいいから、ほら、キリランシェロ」

アザリーがキリランシェロを見ながら鏡を指さしてくる。キリランシェロは、自動的に一番を任じられる不条理を感じながらも、鏡の前に立った。

滑らかな鏡面に、どこかあどけなさの残った黒髪の少年の顔が映し出される。……まあ、その双眸に映るのは、歳に似合わぬ老境に達した諦観の色ではあったのだけれど。

ともあれ、アザリーの指示に従い文字に指を触れさせる。そしてそのまま鏡の縁をくるりとなぞっていった。

すると、縁に記された文字が淡い輝きを放ち——キリランシェロの顔を映していた鏡面が、石の投じられた水面《みなも》のように波打った。

「おおっ？」

「ほう……」

ハーティアとコミクロンが興味深げに鏡を覗き込む。まあ、彼らとて仮にも《塔》の魔術士。アザリーが無許可で持ち出してきた、という枕詞《まくらことば》さえつかなければ、天人種族の遺産に興味がないわけではないだろう。

やがて鏡面に立っていた波紋が収まっていき、そこに一人の人物が映し出される。

――やたらと目つきの悪い、黒ずくめの男が。

「…………は？」

それを見て、キリランシェロは思わず目を剝《む》いた。

否、キリランシェロだけではない。鏡を覗き込んでいたハーティアやコミクロンもまた、似たような表情を作っている。

しかしそれも無理からぬことではあった。アザリーの話を信じるのであれば、今鏡に映し出されている男は、キリランシェロの未来の姿ということになるのだが……その顔の造作が、今のキリランシェロとは似ても似つかなかったのである。

歳の頃は二十歳くらいだろうか。この世の全てを斜めに見るかのような鋭い眼光。罵詈《ばり》と雑言、あとは脅迫を吐き出すことにのみ特化するように歪んだ口元。確かに黒魔術士は黒い服を好むことが多いが、彼が纏っているのはローブではなく、鋲《びょう》が打たれた革のジャケットとパンツだった。胸元に輝く《塔》の紋章――剣に巻き付く一本足のドラゴンのペンダントがなければ、誰も彼を魔術士であるとは思わなかったかもしれない。いや、現状でも魔術士かヤクザかと問われたなら、僅差で後者に軍配が上がる気がした。一体どんな過酷な人生を歩めば、こんな風になってしまうのだろうかと思えるほどのやさぐれっぷりである。

だが、驚愕と困惑を露《あら》わにするチャイルドマン教室の面々の中にあって、ひとり楽しげに腹を抱えている者がいた。——無論、アザリーだ。

「あっはははは！　ずいぶんやさぐれたわねぇキリランシェロ。反抗期にしては遅すぎない？」

「ちょ……っ、アザリー、これ本当にぼくなの？　いくら何でも人相が違いすぎると思うんだけど……」

キリランシェロが汗を滲《にじ》ませながら言うと、アザリーはあごに指を一本あてながら答えてきた。

「まあ、未来っていうのは不確定なものだし、百パーセントってわけじゃないでしょうけど、一歩間違えばこうなる可能性もあるってことよ。——にしても、一体誰に似たらこんなになるのかしら。朱に交われば赤くなるっていうし、あんまり悪い友だちとつるんじゃ駄目よ？」

『…………』

その言葉に、ハーティアとコミクロンが半眼を作ってアザリーを見た。が、アザリーはその視線の意味に気づいていないのか、不思議そうに首を傾げる。

「何よ、わたしの顔に何かついてる？」

「いやぁ……」

「別にぃ……」

と、ハーティアとコミクロンが煮え切らない返事をしていると、鏡の中にまたも変化が現れた。

未来のキリランシェロがのしのしと歩みを進めたかと思うと、前方にいた小柄な男の頭を、何の躊躇いもなく蹴り飛ばしたのである。

否、それだけではない。そのあと踵《かかと》でぐりぐりと踏みつけた挙げ句、終《しま》いには魔術まで放ってみせる。

「うわっ！　何してんだキリランシェロ！」

「いやぼくは何もしてないってば！　そいつをキリランシェロって呼ぶのやめてくれないかな!?」

キリランシェロが悲鳴じみた声を上げると、まるでそれに呼応するかのように、鏡の中の小柄な男がむくりと起き上がり、くぐもった声を響かせてきた。

『てめえっ！　何しやがる黒魔術士！　毎度毎度何の脈絡もなく足蹴にしやがって！　このマスマテュリアの闘犬ボルカノ・ボルカン様の頭脳に万一のことがあったらどうしてくれるつもりだ⁉　二十五周年を祝い殺すぞ！』

『うるせぇっ！　てめえの頭に一グラムでも脳が詰まってるんなら、膨れに膨れた借金の額を言ってみやがれ！』

　などと、しばしの間言い合いをしたのち、またも黒ずくめの男が魔術を放つ。ボルカンと名乗った小柄な男が再び吹き飛んだ。

「へー、映像だけじゃなくて音声まで出るんだ。凄いわねー」

「いや、今そこ感心するところ⁉」

　呑気《のんき》な調子で言うアザリーに思わず叫びを上げる。するとコミクロンが何かに気づいたようにはっと目を見開いた。

「マスマテュリア……まさか地人か⁉　身体が並外れて頑丈っていうのは本当だったんだな」

「にしたって、いきなり蹴り倒して熱衝撃波はないだろ……ていうか借金がどうとか言ってなかったか？　まさかキリランシェロ、借金取りでもしてるのか……？」

　ハーティアの言葉に、既にヤクザ側に傾いていた天秤《てんびん》がさらに鋭い傾斜を描く。キリランシェロは顔中に汗を浮かべながら自我を保つように額に手を置き、声を上げた。

「……と、とにかく、もう十分でしょ!? 次いこうよ次！」

「んー、そうね。まあ大体概要は掴めたし、よしとしときましょ。じゃあ次、ハーティアね」

「えっ……」

アザリーに指名され、ハーティアが心底嫌そうな顔をする。

とはいえそれも当然といえば当然だった。何しろ彼は今し方、キリランシェロの惨状を目の当たりにしたばかりなのだ。仮定の未来とはいえ、ある意味では最大級のプライバシーである。何が映るのか分からないものに進んで触れたくはないだろう。

しかし、だからといってアザリーに刃向かえるかといえば、答えはノーである。ハーティアは数瞬の逡巡《しゅんじゅん》ののち、死よりも恥を選んだようだった。

「……ま、まあ、何が出たところで、あのキリランシェロのあとだし、怖がることもないか」

「ぐっ」

自分に言い聞かせるようなハーティアの言葉に、キリランシェロは表情を歪めた。

できるだけ悲惨な未来が映るよう祈り——もとい、呪いながら、ハーティアが鏡の縁をなぞるのを見つめる。

「よっと」

ハーティアの指が全ての文字を通過すると同時、鏡の表面が先ほどと同じように波打った。そしてやがてそれが収まり――そこにひとりの男が映し出される。

――黒いマントと覆面を着け、手に大鎌を携え、ついでに巨大な雄牛に跨《また》がった男が。

「…………」

「…………」

「………………はぁっ⁉」

しばしの沈黙ののち、ハーティアの裏返った声が教室に響き渡った。

だが、ハーティアの気持ちも分からないではない。

確かにキリランシェロの未来の姿（とされているもの）は意外であったし、その落伍《らくご》っぷりに戦慄もした。

だが、まだ辛うじて『落ちぶれてしまった』ということだけは理解することができたのだ。反して、今鏡の中に映っている男にはそれがない。なぜ覆面を被《かぶ》っているのかも、なぜマントを翻しているのかも、なぜ大鎌を光らせているのかも、何一つそこに至る必然性を見出《みいだ》すことができなかった。あまつさえ牛。牛である。もはや意味が分かる箇所の方が少なかった。

「い……いやいやいやいやいや！　なんだよこれ⁉　ていうか誰さこれ⁉」

「誰って……ハーティアなんじゃないの？」

「いやどこがぼく⁉　中身全然分からないじゃないか！」

と、ハーティアが狼狽《ろうばい》を露わにしながら叫ぶと、まるでそれに応えるかのように、鏡の中の男が声を響かせた。

『わたしは闇に生きる暗殺者！　夜と契約し、昼には顔を隠し生き延びる、恐怖と悪夢の具現！　夢魔の貴族《ナイトメア・ブラッド》、ブラックタイガー！』

高らかに名乗りを上げて、ビシッとポーズを取ってみせる。牛の上で。

それを聞いて、キリランシェロはハーティアの方に視線を向けた。

「……ブラックタイガーさんらしいけど」

「謎は深まるばかりだよ！」

ハーティアが表情を困惑の色に染めながら叫ぶ。ちなみにアザリーは、鏡に映し出されたブラックタイガーの名乗りを聞いて、ひーひーと笑い転げていた。

しかし、本当に意味が分からない。キリランシェロは眉根を寄せながら腕組みした。

確かに少しくらい悲惨な未来が映ればいい気味であるとは思っていたが、ここまで突き抜けられると逆に不安になってしまった。これから先、ハーティアの人生に何が起こるというのだろうか。

コミクロンも似たようなことを考えていたのだろう。鏡を覗き込みながら、興味深げに言葉を発してくる。

「――仮説一、魔術士の道を諦めたハーティアは、旅の劇団に入り役者となることを決意した。仮説二、訓練中頭部を強打したハーティアは、突如前衛芸術の才能に目覚め、自らの身を作品とする活動を始めた。仮説三、暗殺教団《黒のサバトリム》に恋人を殺されたハーティアは、顔と素性を隠し、闇に潜む暗殺者を殺す暗殺者となったのだった。戦えブラックタイガー！　悪を誅《ちゅう》するその日まで――」

「……二、かな？　三も捨てがたいけど、殺されたのが恋人っていうのがちょっと」

「では改造手術の途中で逃げ出し、かつての同胞であった怪人たちと戦うという方向で」

「なるほど、それなら」

「勝手に人の人生を波瀾万丈《はらんばんじょう》にしないでくれよ⁉」

ハーティアが非難じみた声を上げてくる。キリランシェロは肩をすくめながら返した。

「波瀾万丈じゃない人生でこうなる人の方が怖いけどね」

「ぐ……っ」

キリランシェロの言葉に、ハーティアがうめく。

するとそこで、苦しげに腹を抱えて笑っていたアザリーが、目に滲んだ涙を拭いながら身を起こした。

「はー……笑った笑った。じゃあほら次、コミクロンいきましょ。あんたは一体何色タイガーになるのかしら」

「人を変態の仲間にしないでくれるかな⁉」

「あんたこそさらっと人を変態扱いしないでくれるか⁉」

アザリーの言葉にコミクロンが叫び、さらにそれにハーティアが不服を示す。なんとも奇妙な連鎖反応だった。

コミクロンは白衣の裾をはためかせるように身を翻すと、何やらやたらと大仰な所作で以《もっ》て右手を掲げてみせた。

「ふっ、しかしこの俺をキリランシェロやハーティアと一緒にしてもらっては困るな。唯一懸案事項があるとするなら、やがて天才科学者として大陸中に名を轟《とどろ》かせるであろうこの俺を、執行部が今から危険視してしまうことくらいか――」

「……つまりどういうこと？」

「触りたくないです勘弁してくださいってことだろ」

「落伍者と変態は黙っていてもらおうか！」

肩をすくめながら言うキリランシェロとハーティアの言葉を遮るようにコミクロンが絶叫する。けれどその上擦った声が、図らずもキリランシェロたちの指摘を証明してしまっていた。

「はいはい、何でもいいからやってみなさいよ」

「く……っ、後悔するなよ！」

コミクロンは往生際悪くうめきながらも、微《かす》かに震える指で鏡の縁をなぞった。

だが。

鏡面が波打ち、やがて再び滑らかになっていく。

「……ん？」

きゅっと両目を瞑《つぶ》っていたコミクロンがそろそろと薄目を開け、不思議そうに首を捻る。

それもそのはず、鏡の中には黒い闇が茫洋と広がるばかりで、誰の姿も映していなかったのである。

「これは……一体」

「まさか、壊れた？」

キリランシェロとハーティアは、コミクロンの肩越しに鏡を見やった。

天人種族の遺産は強力な魔術を宿してはいるが、刻まれた文字の精度によっては、一定回数使用するとその力を失ってしまうものも存在する。キリランシェロとハーティアが使用したことにより、耐用限界を超えてしまったのではないかと思ったのである。

しかし、鏡の縁をじっと見つめたアザリーは、小さく首を横に振った。

「見たところ、文字に劣化は見られないわ。少なくとも機能が失われてるってことはないと思うけど」

「じゃあなんで何も映らないんだ？　あ、もしかして黒覆面と黒マントを纏って鎌を持って牛に跨がったコミクロンの背中に寄りすぎて黒しか映らないのかな？」

「仲間を増やそうとするなっ！　あんなやつが二人もいてたまるか！」

「じゃあ一体……」

と、キリランシェロがあごを撫でると、何かを思いついたようにコミクロンが目を輝かせた。

「そうか！　そういうことか！」

「なんだよ、何か分かったのか？」

ハーティアの問いに、コミクロンは大仰にうなずき、腕組みをしながら椅子に片足を乗せた。

「天人種族の遺産とて万能ではない！　いかに沈黙魔術といえど、この天才の未来を予測するなど不可能だったわけだ！　はーっはっはっは！」

そしてそう言って、得意げに哄笑《こうしょう》する。

が――

「あんた、もしかして死んでるんじゃない？」

鏡を矯《た》めつ眇《すが》めつ見つめていたアザリーがそう呟いた瞬間、教室がしんと静まりかえった。

「……………………………、え？」

しばしの沈黙のあと、コミクロンがか細い声を上げる。

先ほどまでとは打って変わって物静かになったコミクロンが、錆び付いたゼンマイ仕掛けの玩具のような挙動でキリランシェロたちの方を見てくる。キリランシェロとハーティアは一瞬視線を交わしたのち、つとめて気安い笑みを浮かべてみせた。

「気にするなってコミクロン。あくまで可能性の話だってアザリーも言ってたじゃないか。――ところで喉渇かないかい？　何か買ってこようか？」

「そうだぞコミクロン。ぼくとキリランシェロの未来も滅茶苦茶だったじゃないか。きっと天人のジョークグッズか何かさ。――ところで何かやりたいことはないかい？　出来うる範囲で協力するよ」

「急に優しくなるなぁぁぁぁぁぁぁぁっ！」

　コミクロンが涙目になりながら悲鳴を上げ、キリランシェロたちをポカポカと叩いてくる。キリランシェロが困ったような顔で優しく宥《なだ》めると、さらに珍獣のような奇声を上げて腕をブンブンと振り回してきた。

　と、キリランシェロがコミクロンをどう落ち着かせようかと考えていると、不意に教室の扉が開かれ、一人の女性が顔を覗かせた。

「――ちょっと、何を騒いでるの？　廊下まで声が響いてるわよ」

「あ、ティッシ。いや、ちょっとね……」

　キリランシェロが名を呼ぶと、ティッシ――レティシャは教室の中を見回すように視線を巡らせた。

　アザリーと同じく黒のローブを身につけた、キリランシェロのもう一人の姉である。《塔》の頭髪規定に真っ向から刃向かうかのような長いダークヘアに、どこかぼんやりとした切れ長の双眸。掛け値無しの美人といって差し支《つか》えないのだが、今その表情は怪訝《けげん》そうな色に染まっていた。――まあ、突然こんな光景を目の当たりにしたのだから当然といえば当然ではあったのだけれど。

　とはいえ当のコミクロンは、突然の闖入《ちんにゅう》者に気勢を削《そ》がれたのか、先ほどよりは幾分か落ち着きを取り戻していた。呼吸を整えるように大きく息を吸い、表情をレティシャに見せないようにしてか、入り口に背を向ける。

「……何、この状況」

「ちょうどよかったわ。ちょっとこっちきて、ティッシ」

レティシャが困惑するように眉根を寄せると、アザリーがそちらに歩いていき、レティシャの手をむんずと掴んだ。

そしてそのままレティシャを引っ張り、半ば強引に、その指で鏡の縁をなぞらせる。

「ちょっと、アザリー？」

「いいからいいから。壊れたわけじゃないと思うのよねー」

アザリーが有無を言わせぬ調子で言う。それ以上問うても無駄だと察したのか、レティシャが説明を求めるようにキリランシェロの方を見てきた。

「……未来を見る天人種族の遺産らしいよ」

「はあっ⁉」

キリランシェロがため息交じりにそう答えると、レティシャが顔を驚愕の色に染め、肩を震わせる。その際勢い余ってか、彼女の指が一周よりも少し長く鏡の縁を撫《な》でた。

レティシャが慌ててアザリーの手を振り払い、手を引っ込める。

「なんてもの触らせるのよアザリー！　また無断で保管庫から持ち出してきたのね⁉」

「まあまあ。それよりティッシも気にならない？　自分の未来の姿」

「そんなの――」

と、レティシャが眉根を寄せながらアザリーを叱責しようとしたところで、鏡が波打ち、一人の女性の姿を映し出した。

二十代中頃から後半くらいの、美しい女性である。今のレティシャよりも瞳に憂いが、顔立ちに微かな疲労が見て取れるが、それが彼女の魅力を損なっているかといえば決してそんなことはなく、むしろ儚《はかな》げな美しさへと昇華を果たしているように思えた。キリランシェロのような落伍とも、ハーティアのような変貌とも異なるレティシャの姿に、しばしの間目を奪われる。

が。

『…………っ⁉』

視線を下に動かしていったところで、キリランシェロたちはギョッと目を剥いた。

理由は単純。レティシャの腹部が、大きく膨れていたからだ。

肥満ではない。手足や顔などは、むしろ今よりも少し痩せているくらいである。もしも彼女がふざけて服の中に詰め物でもしているのでない限り――妊娠と見るのが自然であった。

「え……っ」

レティシャが、驚いたように目を丸くし、口元を手で覆う。それを見ながらキリランシェロは、一瞬大きく収縮した心臓を落ち着けるように胸元に手を置いた。

「へ、へぇ……なるほど、まあ、未来だもんね……」

「ああ……そ、そうだな」

それに呼応するようにコミクロンが腕組みしながら言ってくる。明らかに動揺を隠し切れていないのだが、一応本人は平静を装っているつもりらしかった。

——冷静に考えれば何もおかしなことはない。結婚主義者を退廃的と言ってはばからないレティシャとはいえ、年を経れば心境の変化くらいあるかもしれなかったし、別に結婚しなければ子をもうけられないわけでもない。魔術士の力は血統によって受け継がれる。彼女のような優秀な魔術士の血を残さないのは、世界にとっても大きな損失と言っていい
——

と、キリランシェロが頭の中で理論武装を固めていると、鏡の中のレティシャの隣に、一人の男の姿が映り込んだ。

いかめしい仏頂面が特徴的な、長身の男。レティシャと同様年を経てはいるが、それはどう見ても——チャイルドマン教室の教室長、フォルテであった。

『ぎゃぁぁぁぁぁぁぁぁ――――――――っ⁉』

今度は堪《こら》えきれず、キリランシェロは叫びを上げた。

否、キリランシェロだけではない。ハーティアとコミクロンもまた、喉を潰さんばかりの絶叫を上げている。何ならコミクロンなどは、自分が死んでいるのではないかと言われたときよりもショックを受けているようにさえ見えた。

「ちょ、ちょっと！　邪推しないでよね⁉　別にフォルテが相手って決まったわけじゃないでしょう⁉」

レティシャが慌てた様子で言ってくる。

確かに彼女の言うとおりではあるのだが、キリランシェロたちの耳には届いていなかった。正確に言うなら、鼓膜は震えているのだが、頭に入らなかった。今し方目に入った暴力的な情報を処理するのに、脳が限界に達しつつあったのである。

「へー……ティッシがねぇ。でも意外……ってほどではないか。潔癖そうな顔して一回男を知ると溺れるタイプよきっと」

「適当なこと言わないでくれる⁉」

レティシャが叫ぶと、アザリーはからからと笑って軽く伸びをした。

「まあ、ともあれこれの効果はだいたい分かったわ。やっぱり実地に勝る検証はないわね。

協力ありがとー」

そして軽い調子でそう言うと、鏡を抱えて教室を去ろうとする。

だが、アザリーの行く手を阻むように、その肩に手が置かれた。——レティシャだ。

「ちょっと待った。一体どこに行くつもり、アザリー？　まだ実験は終わってないでしょう？」

「え？」

アザリーが意外そうな顔をして振り返る。するとレティシャが、額に血管を浮かばせながら無理矢理笑みを作り、あとを続けた。

「どうせあなたのことだから、この子たちに実験させて自分はやってないんでしょう？それで実証実験って言えるかしら？　未知に挑むのが学生の本分よねぇ？」

レティシャの言葉に、半ば呆然《ぼうぜん》としていたキリランシェロたちはハッと我に返った。

「そ、そういえば……」

「そうだそうだ！　自分だけずるいぞ！」

「横暴を許すなー！　お前も真っ黒な画面になれー！」

キリランシェロたちが口々に言うと、アザリーは小さくちっと舌打ちした。どうやらキリランシェロたちが呆然としている間に逃げようとしていたらしい。

それを見てか、レティシャが挑発するように続ける。

「それとも何？　自分の未来にそんなに自信がないの？　なら悪いこと言っちゃったかしら？」

「何ですって？」

するとアザリーはムッとした表情を作って、再び鏡をテーブルに落ち着けた。

「言ってくれるじゃない。わたしの輝かしい未来なんて見たらティッシが自信喪失しちゃうでしょうから、あえて避けてあげたわたしの優しさだったんだけど？」

「へぇぇ……？　わたしが自信喪失？　ああ、なるほど。妹が酒と賭博に溺れ堕落して浮浪者生活を送っているのに何もできない自分に対してってことかしら？」

アザリーとレティシャの間に、バチバチと火花が散る。いや、別に本当に火花が散っているわけではないのだが、キリランシェロたちにはそうとしか見えなかった。ついでにふたりの背後にオーラのようなものが立ち上っているようにも見えた。

「いいわ。ならとくと見なさい。わたしの栄光に満ちた未来を……！」

もはやあとに退《ひ》けなくなったのだろう。アザリーはそう言うと、勢いよく鏡の縁をなぞってみせた。

鏡が波打ち、やがてその表面に、あるものを映し出す。

その――異形の怪物の姿を。

異形。そう、異形としか言いようがない。腐りかけたドラゴンと灰色熊と異種交配して断崖絶壁から落としたところに巨大なザリガニが群がり、十六色くらいの絵の具を混ぜ合わせた濁り水をぶっかけたら、ああいうふうにもなるかと思えるような姿である。

『うわぁぁぁぁぁぁぁぁぁぁぁっ⁉』

想定外の光景に、キリランシェロたちはまたも叫びを上げた。レティシャもさすがにこれは予想していなかったのか、驚愕の表情をしている。唯一アザリーだけが、意味が分からないといった様子でぽかんとしていた。

「は？　これって……」

だが、アザリーの言葉の途中で、ハーティアとコミクロンが戦慄に染まった声を上げる。

「こ、これがアザリーの――成体っ⁉」

「やはりか……！　どう考えてもあの魔術は人間業じゃないと思ってたんだ！　正体を現せ！」

「やめろコミクロン！　蛹《さなぎ》を刺激するな！　予定より早く目覚めたらどうするんだ！」

「いや、きっとまだ中はドロドロの液状になってるはずだ！　叩くなら今しかない！」

「うっさい」

ポカン、ポカン！　とリズミカルに、ハーティアとコミクロンの頭にアザリーの拳が振り下ろされる。しかもわりと強めに打たれたらしい。ふたりが苦悶とともにテーブルに沈んだ。

「まったく……」

アザリーが鬱陶しげに手をパンパンと払うと、レティシャが訝《いぶか》しげに鏡を覗き込んだ。

「にしても……何なのこれ。こんな生物見たことがないわ。ていうか、なんでアザリーの未来を見てるはずなのにこんなものが出てくるの？」

「わたしが聞きたいわよ、そんなの。……まさか、この怪物に食べられてお腹《なか》の中ってことはないわよね？」

アザリーが困惑するように言う。それを聞いて、キリランシェロはかぶりを振った。

「アザリーが？　ないない。怪物がアザリーに捕食されるっていうならまだしも」

アザリーの鉄拳がキリランシェロの脳天にめり込む。キリランシェロはハーティアたちと同じように机に突っ伏し、涙目になりながら顔を上げた。

「褒めたのに……」

「どこがよ！　ああもう……さすがに何かの間違いよ。もう一回やるから見てなさい」

アザリーは頬に汗を垂らしながらそう言うと、先ほどよりも丁寧に鏡の縁をなぞっていった。

鏡の表面が波打ち——今度は人間のシルエットを映し出す。

「ほら見なさい！　やっぱりさっきのは間違いで……」

が、アザリーはそこで言葉を止めた。

だがそれも当然だろう。何しろそこに映し出されたのは、アザリーとは似ても似つかない人物——というかそもそも男性の姿であったのだから。

長い黒髪をうなじの辺りで纏めた、無骨そうな男である。服の上からでも見て取れる、しなやかな筋肉に覆われた体躯。歳は三十代半ばといったところだったが、その年齢に似合わぬ威容を全身から発していた。

『………』

それを見て、皆が無言になる。

アザリーとまるで違う人物が映し出されたのだから驚くのは当然であるが——それ以前に、ここにいる者は皆、その人物に見覚えがあったのである。

間違いない。間違えようがない。多少歳を取っているものの、それは——

「……チャイルドマン先生？」

「なんだ」

「うわっ⁉」

突然響いた返答に、キリランシェロは思わず声を裏返らせた。

声のした方を見やると、いつの間にかそこに、黒いローブを着た男が立っていることが分かる。

チャイルドマン・パウダーフィールド教師。このチャイルドマン教室の責任者にして、大陸最強といっても差し支えない力を持った魔術士である。

そして——今し方鏡の中に映し出されていた男でもあった。

「な……、え……っ？」

いつの間に教室に入ってきていたのだろうという驚きと、なぜ彼の姿が映し出されたのだろうという疑問が頭の中でない交ぜになり、数秒の間キリランシェロを混乱させる。

ハーティアたちも同様だったらしい。皆驚愕を露わにし、身体を硬直させていた。

しかしチャイルドマンはそれにさほど興味を示すこともなく、キリランシェロたちの中心に置かれていたものに視線を落とした。

「これは……」

鏡を見て、チャイルドマンが微かに目を細める。その光景に、キリランシェロは奇妙な感慨を覚えた。——彼の表情筋がこのように動くこともあるのだ、という。

いずれにせよ、チャイルドマンはすぐにその鏡の正体と、それがここにある理由を察したらしかった。眼球運動のみでアザリーを見据え、唇を開く。

「――アザリーか」

「……っ」

咎《とが》めるような口調ではない。ただ事実のみを述べるかのような調子である。けれどアザリーは、それこそが気に食わないといった様子で表情を歪めた。

「何よ。少しは生徒の自主性を褒めてくれても罰《ばち》は当たらないんじゃないの?」

「アザリー!」

レティシャがアザリーの脇腹を肘でつつきながら叱るように言う。しかしアザリーは反省を示す様子もなく、つんと顔を背けてみせた。

チャイルドマンは反応を返すでもなく鏡を持ち上げると、そこに刻まれた文字を目で舐《な》めるようにしてから再びアザリーに視線を向けた。

「処分は追って通達する」

チャイルドマンはアザリーの態度に気分を害した様子もなく、そうとだけ言って、鏡を持って去っていった。

「…………」

その姿が見えなくなってから数秒ののち。

キリランシェロたちは、緊張の糸が切れたように大きくため息を吐いた。

「びっくりした……いつの間に入ってきたんだろう」

「さあ……っていうか、先生が本気で気配消したら気づけるかよ」

ハーティアが肩をすくめながらうんざりとした様子で言う。コミクロンもレティシャも似たようなものだった。嵐が過ぎたかのようにやれやれと息を吐いている。

ただ、その中にあってアザリーだけが、

「べーっ！」

と、チャイルドマンが消えた方向に向かって舌を出していた。

◆◇◆◇◆

《牙の塔》の教師には、それぞれ私室とは別に教師控え室が与えられている。まあ、私室との違いといえば、ベッドが仕事机になり、ソファが執務椅子になったくらいのものではあったが。双方最低限のものしか置かれておらず、これから増やすつもりもない。

他に特筆すべき差異があるとしたなら、教室までの距離くらいのものだろうか。寝所を兼ねる私室よりも教師控え室の方が学舎に近いのは当然であり——だからこそチャイルドマンは今、私室ではなくこちらの部屋を選んだ。

無言のまま、机の上に鏡を落ち着ける。先ほど生徒から押収したばかりの禁帯出物——天人種族の遺産を。

「…………」

運命の鏡——確かそんな名前だった。未来を予測する魔術文字が施された鏡。

過去は現在と未来の存在を知らず、未来は断絶されている。現在だけが過去を知り、未来を信じているが、なにもできずに檻の中に閉じ込められている——とは、キムラック教の経文であったか。

この鏡を作りだした天人にどんな意図があったのかはもう窺い知ることができないが、もしも運命の三女神から名を拝借したのであれば、それは皮肉であったのか、それとも諧《かい》謔《ぎゃく》のつもりであったのか。

ともあれ、アザリーが鏡を持ち出したのはチャイルドマンにとって僥倖であった。《塔》に保管されている天人種族の遺産は数多く、チャイルドマンも全ての保管場所を正確に把握しているわけではない。仮に知っていたとしても、チャイルドマンが直接遺産を持ち出せば、執行部の目に留まってしまう可能性が高かった。

ならば、そんなリスクを負うのは悪手である。少なくとも、執行部がこの鏡のもう一つの力に気づいていないうちは。

チャイルドマンは鏡を両手で掴むと、ぐっと力を込め、ダイヤルを回す要領で鏡の縁を回転させた。

すると、ぎしぎしという音とともに、縁に刻まれていた文字がずれ、それまでとは別の文字を形作っていく。

チャイルドマンはそれを確認すると、指先で鏡の縁を撫でた。——右回りではなく、左回りに。

一周、二周、三周、四周——幾度もそれを繰り返してから、指を離す。

すると鏡の表面が波打ち、そこにあるものを映し出した。

若い男と、それと対面する修道服姿の女を。

言わずもがな、男はチャイルドマン——否、この頃はまだその名ではなかったか——であった。

だが目を引くのはそれと向かい合う女の容貌だろう。絶望と倦怠《けんたい》に苛《さいな》まれ、しかしなお美しいその面《おもて》。そしてそこに鎮座する、緑の双眸。

貴族の碧眼《へきがん》とも異なる、鮮やかな緑色。それはドラゴン種族に共通する特徴であった。

「…………」

久方振りに目にするその姿に、チャイルドマンは微かに目を細めた。

チャイルドマンの師であり母である――シスター・イスターシバの姿に。

鏡に映し出されたのは未来の予測ではない。それは確定した過去。百数十年前、バジリコック砦《とりで》にて交わされた盟約の場面。

そう。運命の名を付けられた鏡が、未来を映す力しか有していないはずはない。運命の女神は三姉妹。その力は表裏一体であったのだ。

そしてそれは、チャイルドマン・パウダーフィールドにとって不都合極まる遺産であった。

『……、……、……』

鏡の中のイスターシバが、消え入りそうな言葉を紡ぐ。幾度も胸に刻んだ言葉。幾度も頭の中で反芻《はんすう》した言葉。

――やがて来たる運命の女神。それに力で対抗しうる、大陸の後継者を見つけ出す。その盟約は、チャイルドマンの至上目的であり存在意義といっても過言ではなかった。

そしてそれは今、順調と言えないまでも進みつつあった。少なくとも――生徒が天人種族の遺産を持ち出して、遊び半分で使用できる程度には。

アザリーだけではない。レティシャ、ハーティア、コミクロン、フォルテ、コルゴン、そして――キリランシェロ。チャイルドマン教室の生徒たちは、皆それぞれ後継者としての力を備えつつあった。

無論、大陸がどのような運命を辿るかは、それこそ神のみぞ知ることであったが――

「…………」

チャイルドマンは鏡に触れようとして、指を止めた。

予測とはいえ、未来は覗くべきものではない。現在は檻の中に閉じ込められているべきものなのだ。

「――消えろ」

チャイルドマンが呟くと、鏡に魔術の炎が灯り、その姿を灰に変えていった。

◆◇◆◇◆

「んも――――!」

牛のような声を上げながら、アザリーは真っ白い紙を宙に放り投げた。

否、正確に言うならまったくの白紙というわけではなく、左上に荒々しい筆致でインクが叩き付けられていたのだが……もともとの悪筆に機嫌の悪さも手伝ってか、それが文章なのか小洒落た模様なのか、余人には判別がつかなかった。

「何なのよ反省文って！　反省するようなこととした覚えないんですけど⁉」

不満そうに唇を尖らせながら、アザリーが言う。キリランシェロは床に落ちた紙を拾い上げながら苦笑を浮かべた。

「天人の遺産を持ち出しておいて反省文一枚なんて、破格の処遇だと思うけどね……」

「だったらキリランシェロが代わりに書いてよ。得意でしょこういうの」

「……アザリーの筆跡を再現できるなら、将来代筆屋にでもなるよ」

「どういう意味よ」

アザリーがギロリと睨み付けてくる。キリランシェロは自らの迂闊《うかつ》さを呪うように口元を押さえながら、曖昧な笑みを浮かべた。

するとアザリーが、フンと鼻を鳴らしながら頬杖を突く。

「そもそもあんな人相の代筆屋、流行《はや》るわけないでしょ。需要が脅迫状くらいしか――」

と、アザリーがそこで言葉を止める。キリランシェロは首を傾げた。

「どうしたの、アザリー」

「……、キリランシェロ。あんたの未来の姿って、どんな顔してたっけ？」

「ぼくが触ったときに映った彼？」

あくまで未来の自分とは認めていないことを強調しながら言って――キリランシェロもまた、アザリーと同じような顔をした。

「……あれ？」

言いながら腕組みをして、もう一度首を傾げる。キリランシェロは昨日、この教室で確かに鏡に触れた。だが、そこに映し出された男の姿が、よく思い出せなかったのである。

否、それだけではない。ハーティア、コミクロン、レティシャ、アザリー——全員の未来の姿に関する記憶に靄《もや》がかかったように、上手く思い出せなくなっていたのである。唯一心に去来するのは、もう少しコミクロンに優しくしてあげようという謎の親切心だった。

するとと何か思い当たることがあったのだろう。アザリーが悔しげに爪を噛んだ。

「……ち。安全装置みたいなものかしら。一定時間が経過すると未来に関する記憶が消去される？　それとも鏡自体に何かがあったのか……」

アザリーは忌々しげに舌打ちすると、キリランシェロが拾い上げた紙をくしゃっと丸めて背後に放った。位置を確かめもしていないのに、見事にゴミ箱にカップインする。

「まあいいわ。まだ当たりを付けてるアイテムはいくつかあるし。絶対あの鉄面皮を驚かせてやるんだから」

「やめなって……」

キリランシェロはため息交じりに言うと、チャイルドマンの姿を思い浮かべた。……アザリーには悪いが、あの鉄の男が驚いている姿など、どうやっても想像できない。もちろん彼とて人間、驚くことくらいはあるのだろうが……

そこでふと、キリランシェロの脳裏を疑問――というか好奇心が掠めた。

「そういえば、もし先生があの鏡に触ってたら、何が映ってたんだろうね」

「ふん、五年後も十年後も大して変わらないわよあの鉄面皮は。なんなら生まれたときからあの顔なんじゃない？」

「そんな馬鹿な……」

キリランシェロはアザリーの言葉に苦笑したが……確かに幼い彼の姿など、まるで想像できないのだった。

あとがき

「ジャック、なにしてるの？　変な歩き方」

「歩法の修練だ」

「ほほう？」

「無駄を廃した足の運び、力の流れを身体に覚えさせる。意識を必要としなくなるまで」

「そうすると、どうなるの？」

「逆だ。どうにもならないから、そうするしかない」

「……？　よくわからないや」

「くっ――」

「なに、どうしたの？」

「悪霊が目覚めようとしている。く、鎮まれ、俺の右腕……！」

「……あー……、もしかしてその右手に巻いてる包帯って、そういう？」

「逃げろ。俺の中の悪霊が暴れ出す前に……！」

「あー、はいはい」

橘　みたいな話を書こうと思うんですが。『ジャック・フリズビー（14歳）』。このあといろいろあって、アーバンラマのギャング相手に大暴れします。そしてなんとギャングの親玉は、実は本当に存在していた実業家ブルプルワーズでして……
編　せめて主人公を出してください。

というわけでプレ編『しょうらいのゆめ』になりました。コミクロンも書いてみたかったので楽しかったです。ちなみに『王都の魔人プルートーの限りなく平穏な一日。』と『エリスの鎖骨』もボツでした。むしろなぜ通ると思ったのか。

それはさておき。申し遅れました。橘公司と申します。

オーフェンを初めて読んだのは、確か中学生のときだったと思います。衝撃でした。思考の半歩先を行く設定、エッジの効いたキャラクター、そして何より、今まで目にしたことのない、唯一無二の文章。全てが頭に突き刺さり、夢中になって読み漁りました。こうして記念アンソロジーの末席に名を連ねられたことが光栄でなりません。

25周年、本当におめでとうございます！

二〇十九年四月――（一度やってみたかったんですよねこれ）

橘《たちばな》　公司《こうし》

いろいろ無謀すぎるだろ！

平坂読
Yomi Hirasaka

ある日の昼下がり。オーフェンはいつもの食堂で薄い紅茶をちびちびとすすっていた。黒髪、黒目、黒ずくめ、年齢は二十歳ほどの、やたら目つきが悪い男。胸元には大陸黒魔術の最高峰《牙の塔》で学んだ証である、一本脚のドラゴンの紋章をぶら下げている。

何度も水を注ぎ足した結果、もはや紅茶ではなくただの少し色がついた水と化したそれに砂糖を投入し、スプーンでかき混ぜる。

「……聞くまでもないとは思うんだけど、美味《おい》しいの？　それ」

同じテーブルでパスタをつついていた、幼い顔立ちをしたスーツ姿の女――コンスタンスが微塵《みじん》も興味もなさそうに訊《たず》ねる。オーフェンが金欠で極貧な食生活を送っているのはいつものことなので、パスタをソースに絡めるついでにとりあえず口に出してみたという調子だ。

彼女の問いにオーフェンは遠い目をして、

「……俺はもう、美味いとか不味《まず》いとか、そういうステージには立ってない。必要なのはカロリーだ。砂糖はおかわり自由だからな……紅茶一杯で無限にカロリーが摂取できる、まさに永久機関。これさえあれば永遠に生きながらえることも夢じゃない」

「うん、まあ、あんたが満足ならそれでいいと思うけど」

「……砂糖はシュガーポットに入ってる分までだぞ」

カウンターの奥から食堂のオーナーであるバグアップが淡々と告げ、オーフェンの顔が絶望に引きつる。

「俺の永久機関が……」

「短い夢だったわねー」

そう言ってコンスタンスは再びパスタを口に運び始めた。オーフェンは恨めしげにその様子を見つめながら砂糖水をすする。

と、

「あ、オーフェンさん。ちょうどよかった」

食堂の入り口の扉を開け、あどけない顔立ちをした金髪の少年が入ってきた。ここバグアップズ・インの一人息子、マジクだ。

「おー、お帰り。……なにがちょうどいいんだ?」

「えっと、実はオーフェンさんに会いたいっていう人達がいて」

答えるマジクのうしろから、ぞろぞろと十人ほどの少年達が姿を現した。全員、年はマジクと同じ十代半ばほどだろうが、総じてガタイが良く、白のタンクトップと半ズボンをぴっちりと身につけている。

(この格好、どっかで見たよーな……)

オーフェンが思い出すより先に、少年の一人が口を開く。

「僕達は、トトカンタ公立第十四学校、ジオポリス・スプリント研究会です！」

「ジオポリス——あぁ……」

その単語で思い出した。春に開催された市警察の運動会に参加していた警察チームの一つが、ジオポリス・スプリント・チームという名前だった。なんでも日頃から、(警察の通常任務にも参加せず) 春の運動会の二百メートル走で勝利するための訓練のみを行っているという。

「……って、研究会だと？」

訝るオーフェンに、先ほどの少年が、

「僕達ジオポリス・スプリント研究会、略してジオ研はその名のとおり、市警察ジオポリス・スプリント・チームに選抜されることを目指して活動しています」

「マジクの学校に妙なクラブがあるのは今さら驚かんが……なんで目指そうと思ったんだあんなもん。しかもこんな大勢」

オーフェンが半眼になって呟くと、少年は驚いた顔を浮かべ、

「なにを言うんですか！　ジオポリス・スプリント・チームはトトカンタ市警察の中でも激しい競争をくぐり抜けたエリートだけが所属することを許される狭き門なんです！　通

常任務は免除されるから危険は少ないし、公務員だからスポーツ選手と違って生活安定してますし！」

「意外と堅実な理由だな……」

たしかに言われてみれば、実はかなり美味しい役職と思えなくもなかった。税金泥棒とも言えるが。

「……んで、そんな研究会が俺に何の用なんだ？」

オーフェンの問いに、ジオ研の少年達はなにやら顔を見合わせ、そして一斉に頭を下げた。

『お願いします！　僕達のコーチになってください！』

「ああ？」

顔をしかめるオーフェンに、少年が事情を説明する。

彼ら第十四学校のジオ研と、隣区にある第十三学校のジオ研は代々ライバル関係にあったのだが——他校にまでこんな研究会があることにはあえてツッコまない——、先日メンバーの男女関係をめぐるトラブルから本格的な対立に発展。一週間後に行われる予定の練習試合で雌雄を決し、負けた方の研究会は解散するということになったらしい。しかし十三校のジオ研の方が部員数も多く、さらに最近になって新しいコーチが就いたとかで、このままでは勝算は薄い——。

「僕達も見てました……前回の大会でのオーフェンさんの活躍。惜しくもゴールはかないませんでしたが、大会史上最凶のトラップの数々を乗り越えていくあの勇姿！　僕達を勝利に導けるのはオーフェンさんしかいません！　どうかコーチになってください！」

「やだよ」

部員達に熱い眼差《まなざ》しで懇願されるも、オーフェンはにべもなく断った。

「そ、そんな……！　なんでですか⁉」

「なんでもクソもあるか。こちとらあの馬鹿げた二百メートル走のことは思い出したくもねえんだよ」

あのとき行われたのは二百メートル走とは名ばかりの、ルール無用のサバイバルレース。選手観客スタッフ関係なく、グラウンドにいたすべての人間が問答無用でトラップに巻き込まれ吹っ飛ばされていく、阿鼻叫喚《あびきょうかん》の地獄絵図だった。ちなみに件《くだん》のジオポリス・スプリント・チームも呆気なく退場した。

「……まあ所詮は学生の試合だからあそこまで酷いことにはならんだろうが、俺は二百メートル走には二度と関わらんと心に誓ったんだ。わかったら帰れ帰れ」

しっしと手を振るオーフェンに、ジオ研の少年はなおも食い下がった。

「お願いしますオーフェンさん！」

「しつこいぞ。俺はこの砂糖がなくなったあとのカロリー確保について考えるのに忙しいんだ」

「ちなみに僕の家は缶詰工場を経営していて、コーチを引き受けてくださった暁には余剰生産品を定期的に提供させていただこうと考えているのですが」

「……」

オーフェンの耳がぴくりと動き、それからスッと立ち上がる。

「……公立第十四学校ジオポリス・スプリント研究会の諸君」

『はいっ！』

「俺のことはこれからコーチと呼びなさい」

無駄に爽やかな笑顔を浮かべて言ったオーフェンに、コンスタンスが冷ややかな眼差しを向けた。


かくして十四校ジオ研のコーチに就任したオーフェンは、さっそく部員達と公園にやってきたのだが。

「……さて、どーしたもんかね……」

準備運動がてら公園の外周を走っているジオ研の少年達を眺めながら、オーフェンは独りごちた。

学校の宿題をみてやるくらいならともかく、人を指導する方法など知らない。《牙の塔》に残っていれば、いずれは自分の教室を持つことになったのかもしれないが。コーチや教師なんて生き方は、《塔》を出奔したあのときに自分の未来図から消えたと思っていた。

ともあれ、引き受けた以上は力を尽くすしかない――缶詰のために。

ジオ研の部員は今走っている十人で全部。身体は皆鍛えられており、ランニングする姿を見る限り、基礎体力やフォームも問題なさそうだ。

一週間という期限の短さも考えると、コーチに求められているのは技術や体力作りの指導ではなく、もっと即効性のある実戦的な特訓だろう。

競技はただの徒競走ではなく、ルール無用のハプニング・レース。いかなる障害をも乗り越えるフィジカルと、どんな想定外の出来事にも冷静に対応できるメンタルが必要だ。もはやスポーツと言うよりは、戦闘に近いかもしれない。

（戦闘――戦闘訓練、か）

一瞬胸によぎった懐古と寂寥《せきりょう》感を振り払い、ちょうどランニングから戻ってきた部員達に声をかける。

「おしっ！　それじゃそろそろ始めるぞ！」

『はい！　コーチ！』

「まずは小手調べだ。俺が逃げるから、お前らは追いかけて俺の身体に触れてみろ」

部員達は一瞬戸惑いを見せたが、すぐに「は、はいっ！」と返事をした。

「よし。じゃあ——スタートだ」

言うがはやいか、オーフェンは予備動作なく大地を強く蹴る。瞬時にトップスピードに乗り、部員達との距離が離れていく。

「は、速い！　さすがコーチ！」

指示どおり、部員達はすぐにオーフェンを追いかけ始める。まがりなりにも将来陸上競技を生業《なりわい》にしようとしているだけあって、彼らの足は相当に速い。このままではいずれ追いつかれるだろう。

だが——

「ひとつ言い忘れてたけどな」

部員達を尻目に見ながら、オーフェンは静かに告げる。

「俺は魔術で攻撃するから」

『へ？』

「我は流す天使の息吹《いぶき》っ！」

振り向きざまに放たれた突風が、ジオ研部員達を吹っ飛ばした。


そして一週間後。

かつて春の運動会が開催された市営グラウンドにて、二百メートル走の練習試合が行われようとしていた。

オーフェンはてっきり、もっとこぢんまりしたグラウンドで、第十四学校と第十三学校だけで行うものだと思っていたのだが、他の学校のジオ研や民間企業の二百メートル走チーム――あえてツッコまない――なども参加するらしく、練習試合というよりは本格的な大会の様相を呈している。

大勢の選手やその関係者達に交じって、オーフェンは黒いトレーニングウェア姿で立っていた。

……第十四学校ジオ研のコーチとしてではなく、出場選手として。

「どうしてこうなった……」

「自分の胸に手を当てて考えなさいよ」

重々しく呟いたオーフェンに、隣に立つコンスタンス――格好はランニングシャツにジヨギングパンツ、つまり彼女も選手だ――が半眼でツッコんだ。

「俺はコーチとして全力を尽くしただけなのに……」

オーフェンが行った『指導』は、《牙の塔》時代に先生から受けた戦闘訓練や、姉達との自主トレを参考にして組んだメニューだったのだが、どういうわけか三日で部員の半数が辞めてしまった。

魔術の爆撃をかいくぐったり十メートルの高さから落下したり超重力に潰されたり、有刺鉄線幅跳びや落石避《よ》けや炎熱壁登りといった、ごく普通のメニューだったのだが……。

それからも部員は一人やめ二人やめ、最後まで残った三人も骨折と胃潰瘍とPTSDにより試合に出られなくなってしまったので、急遽《きゅうきょ》オーフェンが代理で出場することになったのだ。幸い、第十三学校のジオ研もトラブルで選手が揃わず代理を立てようとしていたらしく、代理の申し入れはすんなり受け容《い》れられた。

「ほんと非常識なのよねオーフェンって。ガサツっていうか雑っていうか加減を知らないんだから。絶対に学校の先生とかになっちゃいけないタイプだと思うわ」

「うぐぐ」

よりによって最も警察官に向いてない人間に職業適性について言われたくはなかったが、今回は残念ながら反論できない。

「ハァ……なんでせっかくの休日にあんたの尻ぬぐいをしなきゃいけないのかしら」

ぶつくさ文句を言うコンスタンスに、

「いつも尻ぬぐいをさせられてるのはこっちだろうが。つーか、前の大会に出てやったんだからその借りを返せ」

二百メートル走は四人一組のチーム戦で行われ、とにかく最初にゴールフラッグを手にした選手の所属するチームが勝利となる。

第十四学校ジオ研の選手（代理）はオーフェンとコンスタンスの他に、

「オーフェン様！　わたし、オーフェン様に必ずや勝利をプレゼントいたしますわっ！」

栗色の髪をしたウェイトレス姿の女——コンスタンスの妹、ボニー・マギーが張り切った声を上げた。

「ああ……まあ頑張ってくれ」

「はいっ！」

オーフェンの言葉に、ボニーは目を輝かせて力強く頷く。

運動神経が根元から死滅しているコンスタンスと違って、ボニーの方はたまに意味のわからない身体能力を発揮するので、案外戦力になるかもしれない。

とはいえこの姉妹に関しては、たまたま食堂にいたからチームに加えただけの人数合わせだ。一番重要なのは――。

オーフェンはボニーの背後に立つ人物――タキシード姿の銀髪の男に視線を移す。

「なんでしょう、黒魔術士殿」

オーフェンの視線に気づき、その男――キースが口を開いた。

「……いや、お前が普通にこの場にいるのがなんか不自然とゆーか腑に落ちないとゆーか……」

「これは異な事を。わたしをチームに勧誘したのは黒魔術士殿ではありませんか」

「……そりゃまあ、そうなんだが」

表情を変えずに言うキースに、オーフェンはばつが悪くなる。

春の運動会のとき、大道具委員として会場中に爆薬やら地雷やらサソリやらを仕掛け、二百メートル走を地獄と化した張本人。それがここにいる、余計なことしかしない理不尽執事、キース・ロイヤルだった。

だから今回は同じことにならないよう、キースを同じチームに加えて目の届くところに置いておこうと考えたのだが――。

（こうあっさり上手くいくと、逆に不安になるんだよな……）

「……つーか俺はてっきり、十三校のジオ研に来た新しいコーチとかいうのが実はお前で、選手代理として出てくるんじゃないかとか思ってたぞ。なんというかこう、いつものパターン的に」

「はっはっはっ、わたしはそこまで暇ではありませんよ黒魔術士殿。特にここ最近は多忙でして、そのようなことに興じている時間はありませんでしたし」

「どの口が言うんだどの口が……」

半眼で呻きつつも、安堵するオーフェン。

一番の懸案事項だったキースが仕掛けに関わっておらず、相手チームの選手として出てくることもないとなれば、あのときのような惨劇が起きることはないだろう。

となれば、あとはサクッとレースで勝利するだけだ。

軽く準備運動をするオーフェンの耳に、アナウンスが聞こえてくる。

『お待たせしました！　それではこれより、二百メートル走練習試合を開始いたします！　選手の皆さんはスタートラインにお集まりください！』

放送席でメガホンを手に叫んでいるのは、春の運動会と同じ男だった。相変わらずやたらテンションが高い。

『ルールはただ一つ、全選手一斉にスタートし、最初にゴールフラッグを手にした選手が所属するチームが勝利！　それ以外のルールは一切ありません！　もちろん皆さんご存じのとおり、コース上には数多くの愉快なトラップが仕掛けられておりますのでご注意を！　なにが起きるかわからないハプニング・レース、果たして勝利の栄冠は誰の手にっ⁉』

わかっていたとはいえ二百メートル走だとは到底思えない無茶な内容に顔を引きつらせながら、オーフェンはコンスタンス達とともにスタートラインに立つ。

『ちなみに今回のレースは特別に、カーマディ&フレデリック工房のドロシー・マギー・ハウザー氏にご協力いただきました！』

「んなっ⁉」

聞き捨てならない名前に、オーフェンは慌てて放送席を振り向いた。

アナウンサーの隣に、長い黒髪をした小柄な女が座っている。

「ね、姉さん⁉」

「ひいいいいい⁉」

コンスタンスとボニーも彼女——二人の姉、ドロシーの姿を見て恐怖の声を上げる。

「な、なんであの女がここに⁉」

『ハウザーさんのご協力で、過去最高のクオリティだったと名高い先日の市警察運動会にも匹敵する仕掛けの数々をご用意できました！　ハウザーさん、今回の仕掛けについてコメントをお願いします！』

アナウンサーに話を振られ、ドロシーはタバコをくわえたまま普段どおりの不機嫌そうな顔でなにやら呟いた。それをアナウンサーが嬉しそうに伝える。

『コンセプトテーマは、〝今回は死人が少ない〟とのことです！　いやー、これは盛り上がりそうですね！』

「少ないってことは何人かは死ぬってことだろうが!?」

思わず叫んでしまったオーフェンの言葉が聞こえたのかどうか、ドロシーは小首を傾げ、またも小さく口を動かした。

『訂正します！　コンセプトは〝命さえあればいい。〟だそうです！』

どちらにせよ、ろくでもないトラップが仕掛けられているのは間違いなかった。

「ちくしょう……。せっかくキースのバカが余計なことしないように手を打ったってのに、もっとタチが悪いのが出てきやがった……！　つーか、どうしてこんなよくわからんマイナーなイベントにあの女が……」

「それは無論、わたしがお呼びしましたので」

さらりと言ったキースに、ギギギ……とゆっくり向き直る。

「キース……今なんつった？」

頬を引きつらせながら訊ねるオーフェンに、キースは表情一つ変えず、

「はい。ドロシー様が、会社で開発中の新技術をテストするために都合のいい舞台をお探しとのことでしたので、ちょうど滅多なことでは死にそうにない命知らずの猛者《もさ》達が集まるイベントがございますよとご案内した次第です」

「テメエのしわざかあぁぁぁぁぁぁ！」

オーフェンは頭を抱えて絶叫した。最近多忙だったというのは、ドロシーのアテンドだったのだろう。

「せっかく上手くいったと思ったのに、既に余計なことしてやがったのかクソが！」

「はっはっは、先んずれば人を制すと申しますし」

「うがぁぁぁ腹立つぅぅぅ……！」

今回は前もってキーストラブルを回避してやったぜと思っていたぶん、余計にダメージが大きい。

「こーなったら、せめてレースで役に立ってもらうからな……。これだけの人数が集まる大会で、企業まで協力してるんだ。優勝したらなんか賞品くらいは出るだろ……」

『ちなみに優勝したチームには、将来の市警察を背負《しょ》って立つエリート候補に相応しい豪華賞品をご用意しておりますのでご期待くださいっ！』

タイミングよくそんなアナウンスが流れ、

『それではいよいよ試合開始です！　各選手とも準備はよろしいですね！　レディィィィイィッ！　ゴオオオオオオオオッ!!』

アナウンサーの気合いの入った叫び声が響き――

どがんっ！

轟音《ごうおん》とともにスタートラインが爆発した。その直前、

「我は紡ぐ光輪の鎧っ！」

オーフェンはあらかじめ編んでいた魔術の構成を解き放ち、障壁で爆風を防ぐ。

『おおっとぉぉぉっ！　これは開幕を飾るに相応しい、すさまじい爆発ですっ！　春の運動会を彷彿《ほうふつ》させるいきなりの大仕掛けですが、果たして何人の選手が生き残ることができたのかあっ!?』

「……まあ、これは予想どおりだったな」

「予想してたならわたしも守りなさいよぉぉぉぉ……！」

冷静に呟くオーフェンの足下で、黒焦げになって倒れているコンスタンスが恨めしげに呻いた。

「あらあらお姉様。こんなことでオーフェン様のお手をわずらわせてはいけませんわ」

無傷で立っていたボニーの手にはホーロー鍋。どうやらこれで爆発から身を守ったらしい。

彼女の傍らに立つキースも、タキシードに汚れ一つない。オーフェンのように魔術を使った様子もなく、どういう理屈で無傷なのかはさっぱり分からないが、今さら驚くことでもない。

『さあて煙が晴れて選手達の姿が見えてきました……！……おおっと、これは素晴らしい！　なんと半数以上の選手が生き残っているようですっ！』

（つまり半分近くは今ので脱落したってことか。まあ、予想してたところでそう簡単に防げるもんじゃないからな。選手の大半は学生だろうに、むしろよく半分も残ったもんだ）

アナウンスを聞きながら周囲を見回す。

たしかに立っている選手の数は半分ほどになっていたが――違和感。

選手が密集しているときには気がつかなかったが、生き残っている選手には、とても学生には――というより、カタギにも見えない者が多い。

カジキマグロを肩に担いだ、格闘着姿のがっしりした体格の女。

筋骨隆々とした体躯の、六十から七十歳ほどのマッチョ老人。

身長二メートルを超える禿頭《とくとう》の大男。

赤いポロシャツと緑のスラックスの、おかっぱ頭の若者。

鉄仮面をかぶった白衣の男。

上半身裸で傷跡だらけの、いかつい顔をした老人。

とりわけ目についたのは見た目からして濃いこのあたりだが、なぜか全員、オーフェンには見覚えのある面子《メンツ》だった。

「なんでこんなにも知った顔が……」

愕然とするオーフェンに、キースがボソリと、

「世の中には類は友を呼ぶという言葉が」

「黙れ」

そして見覚えということであればその筆頭が——

「わーはははははははっ！　この程度の爆発でこのマスマテュリアの闘犬、ボルカノ・ボルカン様の覇道を妨げようなど笑止千万！　常に戦いに身を置く歴戦の勇者である俺様にとって、爆発など日常茶飯事！　俺様の前に立ちふさがる者は皆、怒りのデスロードを爆走し殺してくれるっ！」

哄笑しながら走る、身長百三十センチほどの小柄な人影。毛皮のマントに身を包み、腰には剣をぶら下げた、ぼさぼさ髪の『地人』——ボルカン。

「……たしかにもっと強力な爆発を日常的に体験してるけど、そんな日常からはいい加減抜け出したいなあ……」

彼の後ろを、同じような格好をした分厚い眼鏡の少年——ボルカンの弟のドーチンがついていく。

「あの福ダヌキども、こんなところで何してやがる……!?」

『さあて開幕の爆発から生き残り最初に飛び出したのは、公立第十三学校チーム所属、ボルカン選手とドーチン選手だっ！　手元の資料によりますと、ボルカン選手は同チームのコーチだったのですが、練習中の事故によって選手が足りなくなったため、選手代理としての出場とのことです！』

「あいつらが十三校の選手だぁ？」

アナウンスに顔をしかめるオーフェン。

（十三校のガキども、なんだってあの福ダヌキをコーチにしようなんて考えたんだか……いや、そう不思議でもないのか……）

こんな馬鹿げた競技に好んで参加しようと考えるような馬鹿なのだから、馬鹿なことをするのはむしろ自然とも言える。

「まったく、俺様の考案した最強戦士育成メソッド、『嵐のマスル水道〜下水道縦断トライアスロン』に耐えられないとは情けない弟子達よ！　だが安心するがいい！　濁流に消えた貴様らの魂は、この俺様がしかと受け継いだ！」

「死んでないけどね」

ゴールに向かいひた走るボルカンとドーチン。足下で小規模な爆発がたびたび起きるも、それをものともせず直進していく。

「ち……」とオーフェンは舌打ちする。

身長もあって地人兄弟の脚はそれほど速くないが、この二百メートル走ではスピードよりも耐久力の方がはるかに重要である。オーフェンの攻撃魔術を食らってもピンピンしている地人の頑丈さは、非常に強力な武器と言えた。十三校がボルカンをコーチに雇ったのも恐らくそれが理由だろう。種族由来の頑丈さなど、コーチされたところでどうにかなるものではないが、まあ馬鹿なら仕方ない。

あちこちにトラップが仕掛けられている以上、こちらはボルカン達のように何も考えず突撃するわけにもいかないが――

（とりあえずあいつらは、魔術で場外にでも吹っ飛ばすか？）

オーフェンが思案し、構成を編むため意識を集中しようとした矢先、

「あばばばばばばばばばば!?」

「びゃああああああああ!?」

ボルカンとドーチンが突如として悲鳴を上げて倒れ込み、身体をぴくぴくと痙攣《けいれん》させた。

（――ッ!?）

地人兄弟が倒れている辺りを注意深く観察すると、低い位置に鉄線のようなものが張り巡らされているのがわかった。

『おおっとついに出ました！　本日の目玉の一つ、電気柵だぁぁぁっ！』

アナウンサーが興奮気味に解説する。

『カーマディ&フレデリック工房の最新式小型蒸気タービげふっ!?』

ドロシーが表情一つ変えずノーモーションでアナウンサーに肘鉄を入れた。

『し、失礼しました！　企業秘密の不思議技術によって、ワイヤーに電流的なものが流されており、触るとちょっとピリっとしてしまうお茶目な仕掛けです！　もちろん殺傷力はないのでご安心を、とのことっ！』

「『ピリっと』ってレベルじゃねえだろ！　地人が一瞬で昏倒《こんとう》したぞ!?」

オーフェンが放送席に向かって声を張り上げると、ドロシーがなにやら呟いた。

『なお開発中につき出力が不安定で、ときには熊も気絶するレベルの高圧電流が流れることもあるのでご注意ください！』

「死ぬだろ普通に！」

「冗談じゃないわっ！」

同時に叫んだのは、復活したコンスタンスだった。

「姉さんの本気の悪ふざけに付き合ってたら命がいくつあっても足りないわよ！　もうこんなところにはいられないわ！　わたしは帰らせてもらうからね！」

そう言ってゴールから逆方向、グラウンドの出口に向かって走り出す。

「あ、おい待てコギー！」

「止めても無駄よオーフェン！　そもそもわたしがこんなことに付き合う義理なんてないんだからっ！」

「いやそうじゃなくてだな——」

オーフェンが言い終わる前に、コンスタンスの足下が爆発し、彼女の身体が吹っ飛んだ。

「わきゃあぁぁぁぁぁぁぁぁぁぁっ⁉」

「言わんこっちゃない……」

オーフェンが嘆息する。

春の運動会と同じならば、このレースの安全地帯はゴールのみ。あとはコース外だろうと客席だろうとあらゆる場所にトラップが仕掛けられている筈《はず》だ。

「かわいそうなコギー姉様……。コギー姉様の死を無駄にしないためにも、参りましょうオーフェン様っ！　わたし達の未来は前にしかないのですわ……っ！」

ボニーが悲壮な決意の籠もった声で言った。そんな彼女の言葉を後押しするように、

「と、虎だーっ！」

選手の一人が悲鳴を上げた。

「虎⁉」

ギョッとして振り向くと、入り口から、体長二メートルを超える巨大な黒い虎がゆっくりとグラウンドに入ってくるのが見えた。その全身には、無数の鋲が付いたベルトが巻き付いている。

『おおっと！　なんとここで猛獣の投入です！　文字通り後門の虎！　なんという容赦のない采配！　これで選手達は前に進むしかなくなりました！……ああっと、訂正いたします！　彼はどうやら運営が用意した仕掛けではなく、ガストン商会チーム所属のブレード選手とのことです！　出身はコロモドール密林！　いわゆる助っ人外国人枠での出場ですね！』

「……ブレード君……まさかまた会うことになるとはな……」

オーフェンの頬を冷や汗が伝う。かつてドロシーの護衛としてガストン商会に赴いたとき、彼と戦ったことがあるのだ。

ブレード君もオーフェンのことを覚えていたのか、選手の群れの中にオーフェンの姿を

認めるやいなや、音もなく疾駆する。

足下が次々に爆発するも機敏にそれを避け、凄《すさ》まじい速度で迫り来る。

「おいコギー！　ダーツをよこせ！」

倒れているコンスタンスに叫ぶと、彼女は弱々しく答えた。

「も、持ってきてるわけないでしょ……」

「ちっ、使えねえ……！」

「あ、あんたねぇ……ぎゃふっ⁉」

文句を言おうとしたコンスタンスの背中をブレード君が踏みつけ、オーフェンに飛びかかってきた。

「我は呼ぶ破裂の姉妹っ！」

咄嗟に衝撃波を放つも、なんとブレード君は空中で方向転換して距離をとり、これを回避した。

「ちっ、さすがはブレード君だぜ……」

冷や汗を浮かべ、ブレード君と睨み合うオーフェン。

と。不意に魚臭いにおいを感じた次の瞬間、オーフェンとブレード君の間に二人の人物が割り入ってきた。

『おおっと！　ブレード選手の前に敢然と立ちはだかったのは、第十学校チームのイアンナ選手とマッドタイガー選手だ！』

カジキを肩に担いだ女格闘家――維新戦士団体SSW所属〝流星特攻娘〟イアンナと、老人マッチョ――SSW社長〝狂虎〟ラクホツカ・ホルン。それがこの二人の名前だった。

「すまんが魔術士よ、ここはわしに譲ってもらうぞ」

ラクホツカがブレード君を見据えたまま言った。

「なんでお前らが⁉」

なぜここにいるのか、なぜ第十学校の選手になっているのか、なぜブレード君との戦いに割って入ってきたのか――同時に三つの疑問を込めるオーフェン。

『ちなみにイアンナ選手とマッドタイガー選手はともに、第十校の生徒ではなく代理選手としての参加です！　というか今回、第十四学校がかの悪名高――ああいえ、前大会で名を馳《は》せた民間の魔術士を代理選手にしたことを受け、他の学校もこぞって奇人変人を代理に立てております！』

カタギではない参加者がやたらと多いのは、どうやらオーフェン対策だったらしい。

「やはり、類は友を呼ぶということでしたね黒魔術士殿」

「……」

キースの言葉に、オーフェンは聞こえないふりをした。

ラクホツカが獰猛《どうもう》な笑みを浮かべ、

「くくっ、ほんの気まぐれに出場してみれば、まさか虎と戦う機会を得られようとはな。これでようやく、〝狂虎〟の異名で呼ばれながらも本物の虎と戦ったことがないという長年の悩みから解放される」

「悩んでたのか、長年……」

半眼になるオーフェンにイアンナが、

「虎殺しは格闘家にとって最大級の誉れ。社長の邪魔をするんじゃないよ」

「いやまあ、戦いたいなら勝手にやってくれという感じだが」

オーフェンが投げやりに言うと、

「ふっ、おぬしともいずれ再び手合わせしたいものよ。……ではゆくぞ、黒き虎よ！　ぬおぉぉぉぉぉぉぉぉっ！！」

ラクホツカが雄叫《おたけ》びを上げブレード君に突進する。

対するブレード君もラクホツカに向かって疾駆し――老人の身体をするりと避け、なぜかその後方にいたイアンナに飛びかかった。

「へっ⁉　ひ――⁉」

完全に虚を突かれ、イアンナの顔に恐怖が浮かぶ。いかに鍛えられた格闘家とて、首筋に虎の牙を突き立てられてはひとたまりもない。誰もが惨劇を予感した次の瞬間。

ザシュ――……ッ！

ブレード君の鋭い牙がイアンナ――の持っていたカジキに突き刺さり、慌てたイアンナがカジキを取り落とす。ブレード君はそのまま一心不乱にカジキを貪り始めた。

『食べております！　ブレード選手、カジキをムシャムシャと食べております！　えー、手元の資料によりますと、ブレード選手はカジキの缶詰が大好物とのことです！』

「む、むう……」

「わたしの大事な得物が……」

ラクホツカとイアンナは毒気を抜かれた顔で、カジキに夢中のブレード君を見つめていた。巨大なカジキを食い尽くすまでには、かなりの時間がかかりそうだ。

そんな二人と一頭から視線を外し、オーフェンはゴールの方向へと向き直る。

二百メートル先にある、金属製と思《おぼ》しき円筒の中心に、ゴールフラッグがはためいている。

スタートラインから約六十メートルのあたりには、ボルカンとドーチンが未だに気を失って倒れている。

オーフェンがブレード君と対峙《たいじ》している間に他の選手達はスタートしていたが、爆薬や電気柵などのトラップを警戒しながらのためその進みは遅い。

（とはいえ、俺達もそろそろスタートしないとな）

「よし、既に他の選手がトラップに引っかかった後のルートを辿っていくぞ」

「わかりましたわ！」

ちょうどそのとき、先頭を走っていた赤いシャツと緑のスラックス姿の若者が爆風で十数メートルの高さまで吹っ飛び、

「とーうっ！　ハイッ！」

掛け声とともに真っ直ぐ足下から着地し、ポーズを決める。

それは彼――カーネルが広めようとしている新スポーツ、『飛び降り』の世界であれば上位入賞は間違いないほどの見事な落下と着地ではあったが。

ドゴォォォォン！

着地した地点にも爆薬が仕掛けられており、またも吹っ飛んだカーネルは「ぐしゃっ」という嫌な音を立てて地面に叩きつけられ、そのまま動かなくなった。

「とりあえずあの地点まで進むぞ」

キースとボニーに冷静に告げると、オーフェンは地面を蹴って走り出した。

倒れている他の選手や地面の爆発した痕跡を目印に安全なルートを辿り、電気柵は魔術

で破壊して進んでいく。

『おおっと、第十四学校チームが凄まじい追い上げを見せています！　しかしこれは汚い！　他の選手を人柱にして自分の安全を確保するという、まさに鬼畜の所行です！　彼にスポーツマンシップという概念はないのでしょうか⁉』

「やかましいわっ！　そもそもこんな競技をスポーツと認めてたまるか！」

散々な言われように叫び返しながら、オーフェン達はカーネル――血まみれだが生きてはいた――の倒れている地点まで辿り着いた。

（これでようやく半分か……）

ゴールまでは残り約百メートル。魔術の空中浮遊で渡りきるのは厳しい距離である。

前を走っていた他の選手は既に全滅しており――サモアペット博士は照明ポールに逆さ吊《づ》りにされ、オー・ロッカス所長は落とし穴に消え、鉄の柳の老人は自ら進んで電気柵に全身ダイブして動かなくなった――、残っているのはオーフェン達だけだ。

「おーい！　これもう俺達の勝ちでいいんじゃないのか⁉」

放送席に向かって叫ぶと、

『駄目です！　ゴールフラッグを手にするまで勝利とは認められません！』

予想どおりの答えにオーフェンは小さく嘆息し、

「しょうがねえ。こっからは地道にトラップを撤去しながら進むしかないか。……キース、お前たしか防御障壁が使えたな？　俺が魔術でトラップを破壊するから、お前は爆風やら何やらを防げ」

「承知いたしました」

素直に頷くキースに不安を覚えながらも、オーフェンは前方に熱衝撃波を放つ。

「我は放つ光の白刃っ！」

「バリヤー！」

予想どおり地中に仕掛けられていた地雷が爆発し、強烈な爆風がオーフェン達を襲うも、指示どおりキースが展開した障壁が爆風を防ぐ。

「よし」

連携が上手くいき、オーフェンが口の端を僅かに吊り上げる。

「時間はかかるがこれなら安全確実に進めるな。どーせ俺達以外に選手なんて残っちゃいねえんだ。どんだけ時間がかかろうと問題ないだろ」

「果たしてそう上手くいくでしょうか……」

キースがぽつりとなにやら不穏な台詞を口にした。

「なに？」

怪訝な顔を浮かべたオーフェンのすぐ近くで、突如として爆発が起きた。

「ああ～～～っ！　オーフェン様ぁ～～～～～～～～っ！」

その爆発に巻き込まれ、ボニーが吹っ飛んでいった。

「な……!?」

このあたりに埋まってたトラップは、もう全部発動済みの筈だ。混乱するオーフェンに、アナウンサーの興奮した声が響く。

『ついに出たあああああっ！　安全策など許さないと言わんばかりの無慈悲な砲撃！　そう、砲撃です！　トトカンタ市警特殊戦闘部隊の特別協力による、大砲の集中砲火が十四学校チームを襲います！』

「頭沸いてんのか！」

いつの間にかグラウンドの全方角に大砲が設置され、その砲門はすべてこちらに向けられていた。かつての魔術士狩りを彷彿させる光景にオーフェンは戦慄する。

「一度発動したらそれっきりの仕掛けばかりでは不十分ですからね。やはりトラップを解除する時間を与えないための工夫が必要かと」

淡々と、どこか満足げにキース。

「おいキース、もしかしてお前――」

オーフェンが言い終わるのを待たず、大砲から一斉に砲弾が発射された。

「くそがっ！　我は砕く原始の静寂っ！」

広範囲の空間を爆砕し、放たれた砲弾を全部まとめて跡形もなく破壊する。最大級の攻撃魔術に、轟音が響きグラウンド全体が揺れた。

とりあえずの危機を脱し、オーフェンは再度キースを詰問する。

「おいキース！　お前さては今回の仕掛けにも関わってやがるな⁉」

「おっと、気づいてしまわれましたか」

あっさりと認めるキース。

「ここ数日は、ドロシー様をアテンドする傍ら、二百メートル走大道具委員として準備に勤《いそ》しみ、警察など各所との交渉も並行して進めるという、多忙ながらも充実した日々を送っておりました」

こなした仕事量のみで判断すれば、八面六臂《はちめんろっぴ》の大活躍と言えたが――

「なんでそう負方向にばっかり有能なんだお前は！」

「お褒めにあずかり光栄です黒魔術士殿」

「褒めてねえ！　我は見る混沌の姫！」

オーフェンの叫びとともに超重力の力場がキースを押し潰し――

「いきなりなにをなさるのですか？」

黒い渦が消えたあと、無傷で立っていたキースが窘《たしな》めるような口調で抗議してきた。

「諸悪の根源たるお前を倒せば、世界が光に包まれて仕掛けられたトラップとかも全部消えてなくなるような気がする」

「はっはっは、ご冗談を」

「試してみなきゃわからんだろ？」

完全に据わった目で言いながら、本気で物質崩壊の構成を編もうとしたオーフェンに、

「何事も実践してみるというその姿勢は賞賛されるべきとは思いますが——果たしてそんなことをしている場合でしょうか？」

キースがそう言った直後、グラウンドの入り口近くから土煙が上がった。

『おおっとぉぉぉっ！　ここで鹿の群れの登場だーっ！』

突入してきたのは、前回の大会でも出現した無数の鹿。片目に刀傷のある巨大な牡鹿《おじか》に率いられ、オーフェンめがけてまっしぐらに走ってくる。

『しかも今回はこれだけでは終わりませんっ！』

「な、なに……!?」

周囲を見回すオーフェンの真上で、けたたましい雄叫びが響き渡った。

慌てて空を見上げれば、体長三メートルほどもある巨大な翼獣がグラウンドの上を飛び回っている。しかも一匹ではなく十匹以上。

『市内にある全動物園の特別協力により、翼獣が投入されます！　ちなみに翼獣たち、昨夜から餌を与えられておりません！　果たして飢えた彼らの顎《あぎと》から生き延びることはできるのでしょうか⁉』

「お前はどこまでやらかしたら気が済むんだ⁉」

むしろここまでいくと、キースの交渉能力に感心すべきなのかもしれない――一瞬だけそう思い、かぶりを振る。

（……いや違う！　世の中に度を越した馬鹿が多いだけだ！）

きゅるきゅけぇぇぇぇぇっ！

翼獣の群れが雄叫びを上げ、一斉に地上へと急降下してくる。

構成を編んで身構えるオーフェン。

しかし翼獣達はオーフェンには目もくれず、グラウンドを爆走する鹿の群れへと突撃していった。

「ふむ……やはり餌を与えなかったのが良くなかったようですな」

顎に手を当て、キースが冷静な口ぶりで言う。

翼獣の襲撃に、鹿の群れは怯えて逃げ惑うどころかむしろ興奮したように脚を速め、翼獣に向かって次々に跳びかかっていく。

翼獣と鹿の大乱闘に、まだ発動していなかったトラップが次々に発動し、あちこちで激しい爆発が起きる。

「どーするんだコレ……」

オーフェンがキースに目をやると、彼の頬に一筋の冷や汗が伝った。そして、

「黒魔術士殿……あとはお任せしました！」

キースが指笛を吹くと、翼獣の一匹がこちらに飛んできた。どこからともなく取り出したロープをその翼獣の首に引っかけ、そのまま翼獣に引かれ上空へと飛んでいくキース。

「ああ⁉　ふざけるなてめえ待ちやがれの白刃っ！」

「はっはっは！　ミスフィード！」

慌てて熱衝撃波を放つもキースの魔術で霧散させられ、キースと翼獣の姿は間もなく空に消えた。

結局――場を混乱させるだけさせておいて去っていく、いつもどおりのキースだった。

一人残されたオーフェンが呆然としている暇もなく、大砲による砲撃が再開する。

翼獣と鹿の乱闘はどんどん激しさを増していき、そこかしこから爆発や火柱が上がる。

もはやこのグラウンド内に安全地帯などない。

「ちっくしょおおおおおおおおおおっ！」

砲撃と爆風から逃れるため、オーフェンは悲鳴を上げながらゴールに向かって走り出した。

「ふはははははは！　民族の英雄、マスマテュリアの闘犬ボルカノ・ボルカン様ふっかああああああっ！　貴様なんぞに勝利は渡さんぞ極悪借金魔術士！　すみやかにまるで泣いているような声に溶け殺されるがいいぎゃぼおおおおおお!?」

復活したボルカンがオーフェンを追走し、再び高圧電流で倒れたが、それを気にとめる余裕などない。

砲弾の雨をかいくぐり、無数のトラップを避け、防ぎ、破壊し、ときには爆風に吹っ飛ばされたりしながらも、オーフェンがゴール手前まで辿り着くことができたのは、奇跡としか言いようがなかった。

「ハァ……ハァ……ハァ……も、もうちょっと、だ……」

全身ボロボロになって荒い息を吐きながら、ふらつく足取りでオーフェンはゴールへと向かう。

ゴールフラッグの立てられた金属の円筒は、遠目からはわからなかったが妙に大きく、よじ登るのは少し大変そうだった。

(だが、あと少し――)

オーフェンが円筒に上るため、手を伸ばしたところで。

不意に、ゴールが動いた。

「な、なに……!?」

伸ばした手が空を掴み、オーフェンが愕然としながら膝をつく。

ずるずると、ゴールがオーフェンから遠ざかっていく。

『出ましたあっ！　これが今回最後の大仕掛け！　自律自走型ゴールだあぁぁっ！』

「な、なんじゃそりゃ……」

ゴール（?）の移動速度は遅い。走ればすぐに追いつけるだろう。

しかし、数々のトラップや獣の群れによって消耗しきった選手にとっては、ようやく手が届こうとした直前でゴールが離れていくことによる心理的ダメージは計り知れないものがあった。

「ど、どこまでも人をおちょくりやがってぇぇぇ……」

オーフェンの脳が怒りで沸騰し、激情が頂点に達したところで逆に思考は急速にクリアになっていく。

「…………あぁ……なんかもう……どうでもいいや」

ゴールとか勝利とか賞品とかどうでもいい。

なにもかも吹き飛ばして楽になりたい。

膝をついたまま両手をゴールへ向けて突き出し――魔術の構成を編む。極めて複雑で高難度の構成が、自分でも驚くような精度で編み上がっていく。

「――我は歌う、破壊の聖音」

自壊連鎖。

金属の円筒が、サラサラと砂粒のように瓦解し、跡形もなく消えていく。

しかし――自壊していくゴールの中から、なにやらずんぐりした影が浮かび上がり、オーフェンは眉をひそめた。

あの円筒の中にいたのなら、自壊連鎖を耐えたことになる。そんなことができる生き物などこの世に――

（ま、まさか……）

それに思い至った瞬間、疑問の表情が恐怖へと変化し、全身の毛が逆立つ。

ゴールの中からのっそりと出現したのは、塔を背負った小型のサイのような見た目をした生物だった。

ミスト・ドラゴン――いかなる攻撃でも傷一つつけられない強靱《きょうじん》な身体を持ち、背中の蒸気タービンから災害レベルの破壊を撒《ま》き散らす、最悪のドラゴンである。

（さ、最後の最後に……とんでもない化け物が出てきやがった……）

ドラゴンと目が合い、オーフェンは死を覚悟した。

しかしドラゴンは不思議そうにきょろきょろと頭を動かし、やがてその視線が一点に定まり――「ぴい」と嬉しそうな鳴き声を上げた。ドラゴンの視線の先にあるのは、ここから三十メートルほど離れた地点で倒れているボルカンの身体。

オーフェンの横を素通りして、ドラゴンがのそのそとボルカンに向かって歩いて行く。緊張に息をするのも忘れてドラゴンの様子を見守っていると、ドラゴンは倒れたボルカンの襟首を咥《くわ》え、ずるずると出口に向かって歩き出した。獣の本能によるものか、暴れていた翼獣と鹿の群れもぴたりと動きを止め、ブレード君もカジキを食べるのを中断してドラゴンを見送る。

「……う、うん……？　お、おい!?　なんで俺様は引きずられてるんだ!?　おーい、この俺様をどこへ連れて行く気だ――って、げげえっ!?　お前はあのときの!?　は、放せええ!?　放してくださいお願いしますぅぅぅ！　あ、そ、そうだ！　特別に俺様がお前に、我が眷属《けんぞく》の証として名前を与えてやろう！　チャーリー・チャラップ・チャップル・チャッチョリンとゆーのはどうだ!?　これで俺様と貴様の絆《きずな》は遠く離れていても切れることはない……だから放してくれええええええええ！」

離れていてよく聞こえないが何やらわめいているボルカンを引きずったまま、ドラゴンはグラウンドから出て行った。

「……は…………はぁぁぁぁぁぁ…………………」

大きく安堵の息を吐き、消耗と極度の緊張で限界に達したオーフェンは、その場でばたりと倒れた。

と――。

地面についた手が、無意識に、その場に落ちていた棒きれのようなものを掴んだ。

（う……ん…………？）

薄れゆく意識の中でどうにか確認したそれは――下にドラゴンがいた影響で自壊連鎖を免れていた、ゴールフラッグだった。

『二百メートル走練習試合！　勝者、トトカンタ公立第十四学校チーム！　代表者のかたは表彰台へどうぞ！』

グラウンドの片付けや獣達の収容、怪我人――今回も奇跡的に死者は一人も出なかった――の治療が終わり、時間は既に夕暮れになっていた。

アナウンサーに促され、オーフェンはグラウンド中央に設けられた表彰台に上がる。

体力はまだ回復していないが、その足取りは軽い。

散々な目に遭ったが、どうにか勝てたからよしとしよう――キースはあとで絶対に殺すが。

とにかく今日は優勝賞品を受け取って、一刻も早く宿に帰って風呂に入って寝たい。

表彰台の上にはドロシーが表彰状と賞品目録を持って待っていた。

『それではドロシー・マギー・ハウザー氏より、表彰状と賞品目録が送られます！　皆様、盛大な拍手をお願いします！』

「……まあ、頑張ったんじゃないの。おめでとう」

投げやりな調子でドロシーが表彰状と目録を渡し、ぞんざいな拍手をする。

ドロシーに言いたいことも山ほどあったが、正直悪い気はせず、オーフェンの顔に自然と笑みが浮かんだ。

が。

『……ちなみに優勝賞品は、派遣警察のダイアン刑事部長から特別に提供された、無能部下おしおき機《ボンバー君》シリーズ、豪華七点セットとなります！　いずれ大勢の部下を持つであろう未来のエリートに相応しい、実用的な賞品ですね！』

ぴきっ。

アナウンサーの言葉に、オーフェンの笑顔が凍り付き――

「な、な………なっんじゃそりゃあああああああああああああああっ！」

絶叫し、血の涙を流しながら魔術を乱射して暴れ回るオーフェンを大人しくさせるのには、ドロシー他この大会に参加した体力自慢達が総がかりでも、小一時間ほど必要だった――。


……余談になるが。

オーフェンを筆頭に、市内の奇人変人迷惑人のほとんどが市営グラウンドに集まっていたおかげで、今日のトトカンタ市はここ数年で例がないほどに平穏な一日だった。

市民達は皆「ずっとこんな日が続けばいいのに」と心の底から思ったという――。

あとがき

全国百億万人の『魔術士オーフェン』シリーズファンの皆様、はじめまして。平坂読と申します。このような記念すべきアンソロジーに参加させていただき、たいへん光栄に存じます。

僕が『オーフェン』と出逢ったのは中学時代、ライトノベル（という呼び名は当時まだ定着していなかったと思いますが）を読むようになって間もなくの頃でした。格好いいキャラクターに格好いい呪文、格好いい文章に当時の僕はあっという間に魅了され、一気に既刊を買い集めたのを憶えています。

やがて自分で小説を書くようになってからもオーフェンからの影響は大きかったのですが、現在の自分の作風にまで強い影響を及ぼしているのは本編『はぐれ旅』よりも、短編シリーズである『無謀編』の方だと思います。

シリアスで壮大なスケールの『はぐれ旅』とはうって変わって、トトカンタ市を舞台に奇人変人（オーフェン含む）達が毎回荒唐無稽な騒動を引き起こすスラップスティック・コメディ――不条理で時には意味不明ですらあるこの日常劇が本当に大好きで、何度読み返したかわかりません。

今回のアンソロジーの依頼を受けたとき、「サルアとメッチェンがアレコレする話（ガチシリアス）」「ハルちゃんとの青い春」「ステファニーとの青い春」「異世界転生した俺がエリス・ショスキーと結婚する」といった『はぐれ旅』やプレ編ベースのネタもいくつか候補として考えましたが、やはり自分が書くなら『無謀編』だろうということで、このような話になりました。こんな機会は最初で最後かもしれないということで、「もっとたくさんのキャラを出したい！」とか「光の白刃放ちたい！　自壊連鎖させたい！」といった欲望に抗えず、ちょっとやりすぎてしまったかもしれないとも思うのですが、寛大な心で受け止めていただければ幸いです。

中学時代の自分に「20年後お前はオーフェンを書くことになる」と伝えても、きっと信じないと思います。改めて、参加させていただきとても光栄でした。これからも一ファンとして、『オーフェン』シリーズのさらなる盛り上がりを心から期待しております。

解説

水野良
Ryo Mizuno

本書は『魔術士オーフェンはぐれ旅』のアンソロジー作品集である。原作へのリスペクトにあふれた好編が収められている。

原作者である秋田禎信氏から直々に依頼されたので、僭越《せんえつ》ではあるが、解説を書かせていただく。

とはいえ、私はラノベ作家である。ゲームデザイナーの肩書きはあるものの、評論家ではないし、研究家でもない。なにより残念なことに、読者視点で『オーフェン』シリーズを読んだことがない。おそらく作品については私より読者の皆様のほうが詳しいだろう。

それゆえ、私は私にできることしか書かない。すなわち、作家視点で『オーフェン』という作品および秋田禎信氏という作家がどういう存在だったかを述べる。

私のラノベ作家デビューはおよそ三十年前の一九八八年。現スニーカー文庫の創刊とほぼ同時である。デビュー作『ロードス島戦記』は幸運なことにヒットした。当時はラノベ（ライトノベル）という言葉はまだなかった。そして、なにをもってラノベの始祖とするかは諸説あるので言及しない。ただ、スニーカー文庫（正確にはその前身）とそれに続く富士見ファンタジア文庫の創刊はひとつの時代のはじまりといっていいと思う。

それから三十年、ラノベは変遷を続けつつ、今なおムーブメントは続いている。その間、様々なベストセラー作品が誕生し、優れた才能を輩出した。『魔術士オーフェンはぐれ旅』とその著者である秋田禎信氏は、間違いなくその代表例である。

ネットで調べてみたところ、同シリーズは本編全二十巻、外伝『無謀編』が全十三巻、さらに『はぐれ旅』の新シリーズや他にも数編の番外編がある。最初は富士見ファンタジア文庫から、現在は新装版と新シリーズがＴＯブックスで出版されている。シリーズの開始は一九九四年。同年に、『ドラゴンマガジン（ＤＭ）』誌のほうで外伝の連載もスタートしたようだ。

『オーフェン』シリーズは総部数一千万部超という大ベストセラーで、本書の執筆陣のひとりでもある神坂一氏の『スレイヤーズ』シリーズとともに富士見ファンタジア文庫の全盛期を築きあげた双璧であった。

この当時でもラノベという言葉はなかったので、「ライトファンタジー」と呼ばれていたと記憶している。ただ、『オーフェン』のどこがライトなのかはいささか疑問だ。たしかにクリーオウ、マジクら仲間とのコミカルなやりとりが繰り広げられている。だが、本編のストーリーは世界設定といい、主人公の出自といい、かなりシリアスだ。ダークファンタジーに分類してもおかしくない。ただし、ＤＭ誌に連載されていた外伝のほうはコミカルに徹している。

本編が書き下ろしの長編でシリアス、外伝は雑誌連載の短編でコミカル、そしてＴＶアニメ化！　このビジネスモデルを確立したのが、『スレイヤーズ』であり『オーフェン』である。そして、このモデルはまさに最強であった。同じ手法で、賀東招二氏の『フルメタル・パニック！』、鏡貴也氏の『伝説の勇者の伝説』など富士見ファンタジア文庫は次々とヒット作を送りだしてゆく。本書の執筆陣のひとりである橘公司氏の大ヒット作『デート・ア・ライブ』もこの流れのなかから誕生した。この大河はまだ海まで達していないので、今後も新しいヒット作が生み出されることだろう。

富士見ファンタジア文庫とDM誌の成功は素晴らしいのだが、当時の私は角川スニーカー文庫（およびメディアワークス電撃文庫）の作家だったので、富士見書房の勢いには恐怖すら覚えたものだ。しかし勝てると思えば戦うが、勝てないと思えば戦わずに降伏するのが、私の流儀である。幸いなことに、富士見書房のほうでも、『ソード・ワールド』というテーブルトークRPGのタイトルを持っていたので、その小説の企画を編集部に持ち込み、『魔法戦士リウイ』というシリーズをDM誌で連載させてもらった。この作品では、恥も外聞もなく『スレイヤーズ』と『オーフェン』のビジネスモデルをパクらせていただいている。

私のそれまでの作品は「ゲームファンタジー」に分類されていた。まず世界設定ありきで、ついでストーリー、そしてキャラクターの順に作ってゆく。だが、「ライトファンタジー」では、最初にキャラクターありきだ。世界設定もストーリーもキャラクターを魅力的に見せるための道具でしかない。今となっては当たり前のスタイルだが、当時は革命的だった。やがてこの手法は一般文芸の世界にまで浸透拡散し、「キャラクター文芸」という新ジャンルすら生みだす。

この優れた手法と富士見書房の勢いのおかげで、私の作品もそれなりに人気が出て、TVアニメにまでしてもらった。この成功がなかったら、今日まで作家を続けていられなかったかもしれない。その意味では、神坂氏と秋田氏は恩人ともいえる。

その恩人のひとりである秋田禎信氏は一九七三年生まれ。私より十歳下である。作家デビューは一九歳とかなり早い。残念なことに、ティーンエイジャーだった頃の秋田氏の記憶はない（きっと紅顔の美少年であったろうに！）。出版社主催のパーティで、とあるベテラン作家に対して無礼を働き、出禁をくらっていたとのことだ。そんな愉快な若手がいるとの噂は聞いていて、『オーフェン』でブレイクしたあとの秋田氏にその話をしたところ「あ、それ、僕です」との答えが返ってきて大笑いしたことがある。真相を聞いたところ、言葉の選び方をちょっと間違えただけで、側《そば》にいた編集者があわてて退席させただけのようだ。

秋田氏らしいエピソードだと思う。コアラを連想させる愛嬌《あいきょう》のある容貌（私感）ながら、実はかなりの毒舌家だ（主食であるユーカリの毒が溜まっているのかもしれぬ）。ただし悪意は欠片もない。独特な比喩を駆使し、物事の本質を的確に指摘するので、ひとつひとつの言葉が鋭すぎるのだ。メンタルが弱いと、やられてしまう。だが、話術は巧みで話題も豊富なので、たいていの聞き手は魅了される。秋田氏のこの個性は、作品にも反映されているように思う。

作家としては、間違いなく天才肌だ。なにより文章がスマートである。「我は放つ光の白刃」という魔法の詠唱や「我が呼び声に応えよ獣」などのサブタイトルを見るだけでもセンスのよさが伝わってくる。

『エンジェル・ハウリング』という秋田氏の作品の冒頭を読んだとき、私は戦慄した記憶がある。小説とは実はウイルスのようなもので、その文章を理解できる読者だけが、脳内にストーリーおよび映像を再構築することができる。だが、作者が意図したとおりに、読者が再生しているわけではない。読者にも個性があり、それが影響を与えるからだ。だが、あのときは一字一句があまりにも緻密に構成されているので、私の脳内で再生されるイメージは秋田氏が伝えようとしているそのままではないかと思えたのである。まるで秋田氏本人がパラサイトとなって、私の脳内に侵入してきたかのようだった。

これは作家としてのひとつの理想である。もちろん、秋田氏本人がそれを意図していたかは分からないし、本当にイメージが一致していたかも謎だ。大事なのは、そう思える文章だったというところである。あの瞬間、私はこの作家とは戦わないと決めた。繰り返すが、勝てない相手には戦わずに降伏するのが私の流儀なのである。それ以来、私は小説家秋田禎信氏のファンになった。

実は、秋田氏は読者の人気も絶大だが、玄人《くろうと》好みの作家でもある。私のように秋田氏のファンであることを公言する作家は何人もいる。その代表例は私が昔所属していた会社（グループＳＮＥ）の後輩であり、本書の執筆者のひとりでもある河野裕氏だろう。彼も読んでいて腹が立つぐらいオシャレな文章を書く作家である。そんな彼が目標としている作家のひとりが、秋田氏だと聞いた。

私はいずれ秋田禎信氏がなんらかの文学賞を取ると信じて疑っていない。もっとも本人は飄々《ひょうひょう》としているので、その意思があるかどうかは謎だ。

そしてファンのひとりとして、『オーフェン』シリーズの新たな展開にも期待している。読者がそれを期待しているかぎり、作品は完結しないものだから。

著者紹介

香月美夜
Miya Kazuki
代表作：本好きの下剋上～司書になるためには手段を選んでいられません～（TOブックス）

神坂一
Hajime Kanzaka
代表作：スレイヤーズ（富士見ファンタジア文庫）

河野裕
Yutaka Kono
代表作：サクラダリセット（角川スニーカー文庫）、「階段島」シリーズ（新潮文庫nex）

橘公司
Koushi Tachibana
代表作：デート・ア・ライブ（富士見ファンタジア文庫）

平坂読
Yomi Hirasaka
代表作：僕は友達が少ない（MF文庫J）、妹さえいればいい。（ガガガ文庫）

解説

水野良
Ryo Mizuno
代表作：ロードス島戦記（角川スニーカー文庫）、魔法戦士リウイ（富士見ファンタジア文庫）

オーフェンとアザリーが旅立った《牙の塔》。
チャイルドマン教室の一人、
コミクロンはとある酒場で
面会に臨んでいた。
心に抱えた揺れる想いは
時の重みと決断を試されるものだった……。
魔術士オーフェンはぐれ旅
コミクロンズ・プラン
著：秋田禎信　イラスト：草河遊也
19.12.25 OUT!

第1部1巻「我が呼び声に
応えよ獣」に繋がる物語とは？
25年の月日を経て描かれる
完全書き下ろし長編！
魔術士オーフェンはぐれ旅
SORCEROUS STABBER ORPHEN
2020年1月より
TOKYO MX、WOWOW、BSフジにて
TVアニメ放送開始！
CAST
オーフェン：森久保祥太郎
クリーオウ：大久保瑠美
マジク：小林裕介
ボルカン：水野麻里絵
ドーチン：渕上 舞
チャイルドマン：浪川大輔
アザリー：日笠陽子
レティシャ：伊藤 静
ハーティア：坂 泰斗
コミクロン：安田陸矢
フォルテ：前野智昭
© 秋田禎信・草河遊也・TOブックス／魔術士オーフェンはぐれ旅 製作委員会

SORCEROUS STABBER
ORPHEN
魔術士オーフェン　アンソロジー

2019年12月1日　第1刷発行

原　作　秋田禎《よし》信《のぶ》

著　者　香月美夜／神坂一／河野裕／橘公司／平坂読

発行者　本田武市

発行所　TOブックス
〒150-0045
東京都渋谷区神泉町18-8　松濤ハイツ2F
TEL 03-6452-5766（編集）
0120-933-772（営業フリーダイヤル）
FAX 050-3156-0508
ホームページ　http://www.tobooks.jp
メール　info@tobooks.jp

印刷・製本　中央精版印刷株式会社

ISBN978-4-86472-879-9